世界那么大，还是遇见你

米娅 著

台海出版社

你深知道路崎岖,生活不易,
却努力让我的世界看上去微尘不染,一马平川。

世界那么大，
山重水复也好，柳暗花明也罢，
好幸运，我还是遇见了你。

piupiu,

你是这大千世界里的一粒尘埃,

却是我眼中的一整个星球。

我的花园本来不再有任何鲜花,
可你刚刚种下一颗野蔷薇的种子,
它正在发芽……

他给她一场梦,

她也心甘情愿为他画地为牢。

生命的段落就是这样——

看似一击即碎,

其实坚硬到能够穿越时光的界限!

这个男人就是安东,

我的布拉格情人,我爱情命运的转折,我曾经的原野,

陨落在我生命中唯一的星火。

序　言

几年前，在从捷克布拉格开往德国慕尼黑的夜班列车上，我开始了这本书的写作。

起初仅仅是为了填补一望无际的失眠。在每一个被梦境弃之不顾的午夜，朋友间的往事如同气泡般乘风上升，而后爆破，凭空散落。我决定将那破碎零丁的旧事收集起来，重新拼凑成章，然后稍加润色。

我希望让残酷现实中擦肩而过的人们在故事里久别重逢，至少也要为那些无疾而终的恋情补上一个看似尘埃落定的完满句号。

书中的主人公，大多是我的朋友，在身边的或已经离开的；也有他们的爱情,功德圆满的,抑或寿终正寝的。

他们是真的,故事也多半是真的,回忆触手可及。

站在青春的尾巴上,多少人都想要拼尽全身气力狠狠爱一场。他们或选择悬崖勒马,或选择心甘情愿坠入深谷。后者总是以奋不顾身的姿态开场,以飞蛾扑火的形式结束。有的人成功了,开始转山转水,厮守终生;有的人却失败了,一面丢盔弃甲,一面灰头又土脸地唱着曲终人散。

可是你们知道吗,无论结果如何,你们的怀抱曾经为彼此敞开,你们的全部温柔也曾为彼此所拥有。路过心上的都是有缘人,你们也曾是彼此引以为傲的最佳选择。

这是一本写给大人们的故事书,或者说是一本"暖心暖身暖灵魂"的暖炉式读物,献给在青春里摸爬滚打的你们,也献给在滚滚红尘中颠沛流离的你们。没有什么天马行空的大道理,却有十五段别出心裁的旷世好恋情。而你,总能够通过故事,看到内心最深处那个落泪无声的自己。

当你因窃喜而丢失睡眠,当你因愿望落空而彻夜辗转,或者因为挡不住的悲欢离合而泣不成声,请随便翻开一页,爱情拥有十八般武艺,相信我,你终究会得到最温暖而有效的治愈。

世界那么大,山重水复也好,柳暗花明也罢,闯过谎言与尘埃,身披忠诚与善意。好幸运,我还是遇见了你。

这是我非常满意的一部作品。最后,感谢父母让我衣食无忧地健康成长;感谢几年的留学生活,天大地大,令我有机会勇于尝试,终于明确自己对人生的定位与追求;感谢小刘,努力创造出一个纯洁无瑕的玻璃宇宙，让我在这个物欲先于精神的时代里拥有属于自己的一片土壤，有机会为梦想浇水施肥，能够越发坚定地向前走。

翻开它，送你一次路过心上的热泪盈眶，愿你以爱为马，无畏追求，在自己的小星球中大放光芒。

CONTENTS
目　录

♡ **第一章　别人口中的地老天荒**
　　誓言两首，天各一方　/　003
　　我的伤口开出一朵花　/　016
　　至此别过，你的海角是我的天涯　/　033

♡ **第二章　大海、宇宙与倒塌的爱情**
　　爱情森林中，你是我飞扬跋扈的小白兔　/　049
　　那个陪你闯过水深火热的女孩　/　060
　　恋情迷魂汤　/　075

第三章　谁的青春不曾逆流而上

你的手掌，曾是我的温暖宇宙　/　091

那场背道而驰的青春逃亡　/　105

漂洋过海来爱你　/　118

第四章　开往远方，请带上我们的爱情

让我陪你颠沛流离　/　131

人生的旋转舞会　/　153

三人行，必有伤情　/　170

第五章　午夜前的最后一爱，晚安

许你一场热泪盈眶　/　215

岁月划痕与钻石的味道　/　232

爱若浮生，吾谁与共　/　248

第一章

别人口中的地老天荒

你知道爱的尽头是什么吗?不是同床异梦,也不是互相残杀,而是你笑,她不懂你的笑;你哭,她连眼泪都懒得为你擦。

誓言两首，天各一方

1

在所有经常走动的非同性朋友之中，我最欣赏老泡。

论外表，他自上而下举手投足间真可谓风度翩翩，相当顺眼；论内在，也算是布拉格大群未婚男青年中最有机会脱颖而出的一个。当然，"泡"是他全名的第二个字，并非昵称。

老泡其实并不老，搬出十个指头来回数也就是二十末尾三十出头。之所以称其为"老泡"，是因为他终归比我们大上个三四岁，但叫"泡哥"吧，就女生而言总显得有那么些说不清道不明的暧昧，后来我们几个姑娘经过一番商量，干脆就跟着男生尊称他为"老泡"。

老泡的身份堪称特别，顶着个历史学博士的头衔，在布拉格十区租了店面，开了家夜间大排档，单打独斗，既当老板又做跑堂。他还雇了个不定点的小时工，早上过来帮忙备菜备料，晚上人潮汹涌的时候就让他回去，换自己叼着个烟斗里外张罗。

大排档下午六点准时开张,门口象征性地亮着两盏绸布大红灯笼,无论冬夏,都是直到凌晨两三点才收场打烊。因为在整个洋人遍布的布拉格只此一家,生意自然大红大火,招牌也是响当当的,可谓远近闻名。

2

跟老泡的相识算是老天开眼。一行人开车去卡罗维发利参观欧洲电影节,回来的路上拐错方向,下了高速已然过了午夜十二点,正经点的餐馆基本全部关张,剩下的除了连锁快餐店就是酒吧、夜店。就在大家捂着肚子哀声连连的时候,柳暗花明般摸到了悬着两盏红灯笼的大排档。

那个时段的客人最多,算是夜晚的小高潮,划拳闹酒声足以震破夜空。人影里三层外三层,围着烧烤炉,涮着牛羊肉,抱着大铜锅。老泡叼着个烟斗出来迎客,短暂盘算一下我们的人数后,沉郁地将我们领到里屋。节能灯管闪了又闪,面前才好不容易呈现一张不高不矮的方形小木桌。

"这是我自己办公的桌子,外面没地儿了,暂时给你们用,注意别弄太脏啊!"

他衔着个烟嘴儿,讲起话来有点含混不清。说完他便走了出去,转了个身的工夫又站回到原地将菜单往桌角一搁:"点好冲外面叫一声就行了。"

那是我们第一次对他产生好感,作为无商不奸的生意人,没有多余的寒暄和巧言令色,反而让人觉得敞亮又洒脱。

老泡的性格内敛温润,打眼看上去就不是那种喜好热闹的角儿,比起大排档,兴许更适合开个文绉绉的书店、茶馆什么的。后来也是等到结了账往停车场走的途中,大家才接二连三地扯开喉咙:"你们说说,本是同龄人,他看起来怎么就那么老成呢?"

自从发现了那块宝地,大家就经常借着各种缘由捧着肚子前去捧场。王二生日、李三恋爱纪念日、刘四郑五分道扬镳安慰日……当计划无法统一实行的时候,也会独自行动。就这样你来我往,彼此渐渐熟络起来。

3

跟老泡认识的第三个月,大家知道了他的另一个名字——不婚先生。说不上是昵称还是绰号,总归是不方便轻易探究原因的。

一起去酒吧,老泡没有一次是醒着出来的。他不好酒,但一沾就醉,一醉就哭,边哭边吐。每当这个时候,我们只好讪讪地放下酒杯,边捶胸顿足边扶着高脚椅背攀下来,轮番将他架到马路边的树坑旁,他就抱着树干来回回地摇晃,像湿答答的海参那样,嘴里呜里哇啦地嘟囔一大堆,但谁也不知道他到底想要说些什么。

可能是最初关系不远不近不了解,所以总能被他激流暗涌的闪闪金光震慑到。等到日子久了,了解深了,大家才明白,性情淡

世界那么大,还是遇见你

然、处变不惊的老泡,其实就是一座没有野兽也没有花朵的孤岛。

4

后来我们经常组织一些小型活动:唱歌、短途旅行、深夜狂欢、扎堆儿玩纸牌游戏……可老泡从来没有带过女伴。

有一次胖子酒劲儿上涌,心神一散,看都不看,把酒望天,张口就道:"泡爷,怎么从来没见过嫂子啊?怎么着,是不是名草无主啊?要真是这样,我给你介绍几个?"说着便眯着眼睛环顾起四周,最后目光停顿,对着老泡挤出一个狰狞的笑。

酒过三巡,大家多少都已经有些恍惚了。本来就在腾云驾雾的兴头上,又不知是谁开了个头,起哄声、拍桌子声,接二连三热烈地响起。

胖子本是玩笑、好心,外加百分之一的好奇,没想到老泡神色一怔,顿时将酒杯一放,大腿一拍,霍然而起。他将袖管一撸,摆出一副气势汹汹的架势,冲着胖子来了一句:"老子要你管?操心点儿正经事好不好?说了这辈子不结婚,就是不结婚!"

当时露露正特别认真地唱着一首王菲的《但愿人长久》,老泡一嗓子震得她直接声音一抖,顿时哑声。后来露露再也不敢当着老泡的面儿唱这首歌,说是心灵蒙上了阴影,容易破嗓。当然,这是后话。

当时听到这句话,在场的所有人都愣住了,就连空气中的粉尘都停止了浮游。劣质音响的余音刺啦刺啦一圈圈褪去，大家眼睁睁地看着老泡气势汹汹地冲了出去……

我第一个缓过神，从沙发背上拿起外套拔腿就追。我一面喊他的名字，一面死命抢着手中的衣服。追到第三个十字路口，老泡终于晃晃悠悠地蹲了下来。

怕他再次窜逃，我猛冲几步追上去，结结实实站到他面前的时候，只见老泡很失意地将脑袋深深地埋入双腿间。我不敢开口，也不知道应该说些什么，只是挨着他坐下，垂死挣扎似的瞪着眼睛，大口喘着气。

等老泡再仰起脖子的时候，是前所未有的呼吸急促，满面通红。

"你还好吧？你的脸好像要爆炸了啊！"我一边盯着他的眼睛，一边伸手戳他的背，心里想着，完了完了，这好像是要出人命的征兆。

老泡不说话，也不看我，直勾勾地盯着前面的路灯。我手足无措，无力感急剧上升，扭头去望刚才奔腾而过的那条小路，多希望突然杀出几个熟悉的身影接应我。可是等了好一会儿，连一个白花花的鬼影儿都没等到。

少顷，老泡仰头沉默，一副光荣就义的壮烈神情。我不明所以地凑上去，对着那张皱巴巴的脸认真端详，只见有亮晶晶的泪珠从他眼角溢出来，一颗、两颗，眨眼间便汇成一行热泪。老泡终于忍不住号啕大哭起来，接着抢过我怀里的外套，转过身去就往脸上堵。

我被吓坏了，呆坐在马路牙子上，心里默默念叨：上帝救命，救命……

5

生活本身要比戏剧苍白，因此那场痛哭流涕的结局也并不怎么精彩，老泡几番执拗，最终还是被胖子扛回了车里。但好在天明酒醒事淡，到头来也没怎么影响到彼此的情谊。

至于堂堂七尺男儿为何会对结婚一事极度敏感，这是当时所有人的疑惑。可就在那天晚上，我用微不足道的心惊胆战换取了这个问题的答案。

原来老泡也曾有过一段人人羡慕的旷世好姻缘，但很可惜，如今都变成了沉重而又惨痛的回忆。

因为老泡自始至终没有说出那姑娘的名字，我就暂且称她为"过去式小姐"。

过去式小姐并非老泡的初恋，却光荣地成了老泡情感史上刻骨铭心的"绝笔"。在那之前，他也曾有过几段深深浅浅的恋情，但比起和过去式小姐共筑的那段，其余的通通不值一提。

老泡与过去式小姐是在一次旅行中认识的，说得具体点儿，是在华沙的肖邦公园。他光脚坐在初夏的草坪上啃热狗，她手捧地图，一脸虔诚地向他问路。他一笔一画地标注出她需要的路线图，又趁机邀她去附近的甜品店喝杯冰拿铁。

当然，出于礼貌，她没有拒绝。

经过一番浅聊，两人很意外地得知他们都来自布拉格。可能正是因为身在异国他乡，思乡情切，彼此之间很快熟悉起来，情愫暗生。

那是三四年前，当时老泡还在攻读博士学位。过去式小姐小他几岁，是服装设计专业的高才生。她长得并非美若天仙，但眉眼之间的认真劲儿，多多少少令人心疼。两人的学校，一个在城南，一个在城北，于是他们经过意见折中，将公寓租在了路程的二分之一处。

老泡是深爱过去式小姐的，不然也不会独自承担起生活的全部费用。

"你的钱自己留着花，买点儿喜欢的衣服、首饰什么的。你看你吃得又那么少，别担心，我的薪水足够负担起我们的家。"

最初的那段日子过得并不富裕，但两人坚持不问家里要钱，执意自己打拼。虽然日子艰难，但过去式小姐从来不抱怨，不仅开支节制，而且每天变着花样儿地给老泡煮意大利面。清汤寡水的面条，恨不得被她煮出一桌子满汉全席来。

"我们没有多余的钱下馆子，认识的朋友也基本是朝九晚五的学生。一到大节小日，全部人都聚到我家来，就因为听说她会小炒。其实她根本不会炒菜，那都是我吹出来的。她给大家打牙祭，无论炒什么菜，总得撒上厚厚一层孜然，说是孜然百搭，虽然味道不怎么出彩，但至少不会让自己糟糕的厨艺露馅儿。大家争先恐后地喊她嫂子，她也不推辞，就端着杯子咯咯笑，然后将半玻璃杯的啤酒一口气闷掉。"

老泡缓过了劲儿，又打了个响亮的酒嗝，讪讪地补充一句："我知道，她是爱我的……"他的声音很小，像是蚊子嗡嗡，但眼睛却闪着光，有种深不可测的坚决。

那时候的爱情是无价之宝，他给她一场梦，她也心甘情愿为他画地为牢。

时间拖着往事向前跑，这样其乐融融的日子一晃就过了一年多。一年多的时间里，老泡以梦为马，玩儿命工作，虽然积蓄越来越少，但得到的爱却越来越多。

就在他忙得热火朝天，想方设法要给过去式小姐一个真正意义上的"家"的时候，她却悄悄离开了他。

过去式小姐怀揣梦想，决定去法国继续深造，临行之前将一封信笺压在了书桌上的水晶相框下面。信中寥寥数语，主题鲜明——生活烦琐，梦想太大，我的心里已然装不下一个家。

老泡心神恍惚，晃晃悠悠，好不容易才站直了身子。他从桌上拿起那封告别信重新读了一遍，又不自觉地将目光落回到那张方木桌上。

那张桌子是老泡用第一个项目的薪水买来的，看似普通、精简的设计，造价高得令人想要徒手炸地球。

老泡当时捧着一包热乎乎的炒板栗，看着店员冷冰冰的侧脸："就是一块没怎么经过打造的原木，怎么就能贵得这样离谱？"

金发小姐凭空指了指招牌，操着打了结的英语振振有词："这是家具中的奢侈品，先不说用料，设计师一个个都是大名鼎鼎，享誉国际……"

老泡被呛得无言以对,站在一旁的过去式小姐随即挤出一个难看的微笑,吐着舌头拉过他:"走吧,我就是觉得好看,想要和你分享一下。品牌价格高,目前咱们也没必要用这么贵的。等到你赚到大钱,而我成为著名设计师的那天,我们把全套都买下来啊!"说着,又安慰似的摇了摇老泡的手臂。

那时候,她还是一位善解人意的好姑娘,要的不多,满心欢乐。

临下楼的时候,她回过头恋恋不舍地扭身望去。

就是因为那一眼,老泡暗中咬了咬牙,排除内心一切挣扎,坚持每天中午吃自制的生菜沙拉,喝质量低劣的速溶式咖啡,最终花高价买下了它。

桌子到货的那天傍晚,他提前回家,跪在书房的地板上将大大小小的组件小心翼翼地安装好。

说起那间书房,是老泡专门为过去式小姐开辟出来的一方天地,以至于卧室小到只能放下一个衣柜和一张窄窄的双人床。

傍晚,过去式小姐回到家。老泡说要给她一个惊喜,蒙上她的双眼,引领她至书房。他敞开双手,她一声惊呼,连高跟鞋都没来得及脱就一头扎进他的怀中。那天晚上过去式小姐烧了一顿烛光晚餐以作庆祝,以爱情为主旨,把酒言欢。

后来,她轻轻附在他的耳边口吐幽兰。她说,谢谢你给了我一场梦,一场穷极一生都做不完的美梦……

6

老泡靠在桌沿上,抬手拿过水晶相框掸了掸上面的灰尘。那是他们相遇的第一天,在肖邦公园草坪上的合照。姑娘在闪耀的阳光下笑得娇羞而明媚,老泡顶着个"热火朝天"的大脑袋,傻乎乎地捧着半根吃剩下的热狗。

就是这个轻易就能被一句梦话逗得眉开眼笑的姑娘,就是这个曾经爱得风生水起、废寝忘食的姑娘,就是这个宁愿吃清汤挂面也要紧随其后的姑娘,如今却带着舍不掉的梦想远走高飞了。

老泡不甘心,整晚窝在卫生间的角落里扪心自问了十万遍为什么。她执意不接他的电话,故意躲着不见他。其实那种感觉我们都懂,不是为了挽回感情,而是想问一句:你还爱我吗?

一个人拼命追,一个人拼命逃,曾经亲密无间的一对璧人,如今却在偌大的城市里玩起了躲猫猫。

老泡说这是他活了二十多年老天给他的最严厉的一次惩罚,好像是被一颗天外飞来的倒霉星莫名其妙地选中了,砸得他精神崩溃,脑袋开花。

你知道爱的尽头是什么吗?不是同床异梦,也不是互相残杀,而是你笑,她不懂你的笑;你哭,她连眼泪都懒得为你擦。

百转千回,终究落得个曲终人散的心酸下场。老泡认定过去式小姐是忠于理想而背弃了自己,他只是不懂,爱了这么久,为什么到头来对方连一个冠冕堂皇的理由都不屑于给出?他束手无策,只好听天由命,虽然心存疑虑,却又寻不到任何蛛丝马迹。老泡索性迷信起了心灵鸡汤,但他始终不明白,从她下决心离开你的那一刻起,任何理由都足以作为不再相爱的原因,因此根本没有必要去刨根问底。

老泡并不怪过去式小姐,只是对自己有些失望。那天晚上他痛定思痛,终于想明白了一个道理:原来爱情并非无价,而是需要筹码来购买,一定是因为自己没有雄厚的经济实力送她去巴黎,她才独自一人起程了。

没过多久,老泡宣告这家红绸灯笼高高挂的深夜大排档开业大吉。虽然他内心深处也曾翻江倒海,但很快便劝服了自己,赚钱才是正经事儿,再体贴温馨的过往也抵不过一场心灰意冷的离别。

7

有天晚上,老泡做了一个梦。

他梦到自己再次遇到了过去式小姐,在万物倦怠的深秋,彼时,她的头发也像是死去的椴树树叶般就快落光了。

老泡邀她去布拉格广场西南角的甜品店喝拿铁,就像是初次见面时那样。浑浑噩噩的睡梦中,一切都变得迫切而直接。他将她接回到自己家,小隔间没拆,书桌也还空着,只是那个水晶相框已经被尘土遮得面目难辨了。

过去式小姐给老泡煮了蘑菇意大利面,炒了盘番茄炒蛋,上面还不怀好意地撒了一层厚厚的孜然。老泡乐呵呵地吃,吃着吃着眼泪奔腾而下。

他跪在地板上紧紧地搂住她的腰,她一言不发,只是用手掌轻轻梳理着他额前的碎发,脸色苍白。

过去式小姐说,她只是凭空捏造了那场法国梦;她说,自己不声不响地借故离去,只是不愿意拖累他,只因她太明白老泡的追求,只因他给出的爱早已超过了她的期许……

老泡大梦惊醒,天边已显出鱼肚白,新的一天,伤感策马而来。

8

旧伤无法愈合,老泡依旧单身。大家还是偶尔小聚,乐呵呵地唱歌,乐呵呵地出行,乐呵呵地去他的大排档喝酒吃肉,每逢假日把酒狂欢,不醉不归,但再也没有人提起"不婚先生"这个曾用名。

胖子后来遇到了现如今的胖嫂,越发健硕,生活肥美。

有天晚上我们去唱歌,小科率先提议,要露露把那次破了音的《但愿人长久》给补上,说要勇于冲破心理障碍。露露扭捏了半天不答应,没想胖子一把抢过话筒:"我来!"

他一手握着话筒,一手搂着胖嫂,破锣嗓子平地一声起。

但愿人长久。为了老泡,为了我,也为了你。

岁月给我们伤痛,却又迫我们杀出重围,变得柔软而坚强。

那就愿我们,悲离少,合欢多,年年岁岁又年年!

故事配小曲儿

《南山南》（马頔）

你在南方的艳阳里，大雪纷飞
我在北方的寒夜里，四季如春
如果天黑之前来得及，我要忘了你的眼睛
穷极一生，做不完一场梦
他不再和谁谈论相逢的孤岛
因为心里早已荒无人烟
他的心里再装不下一个家
做一个只对自己说谎的哑巴
他说你任何为人称道的美丽
不及他第一次遇见你
时光苟延残喘无可奈何
如果所有土地连在一起
走上一生只为拥抱你
喝醉了他的梦，晚安
他听见有人唱着古老的歌
唱着今天还在远方发生的
就在他眼睛里看到的孤岛
没有悲伤但也没有花朵
你在南方的艳阳里
大雪纷飞

我在北方的寒夜里
四季如春
如果天黑之前来得及
我要忘了你的眼睛
穷极一生，做不完一场梦
你在南方的艳阳里
大雪纷飞
我在北方的寒夜里
四季如春
如果天黑之前来得及
我要忘了你的眼睛
穷极一生
做不完一场梦
大梦初醒荒唐了这一生
南山南，北秋悲
南山有谷堆
南风喃，北海北
北海有墓碑

我的伤口开出一朵花

1

一通越洋电话，十五位数的长串号码，一年零六个月，她坚持不懈地拨打，你却在六小时之外的地球彼端不顾一切地躲闪。她只是想要告诉你，那些伤都已经好了，自己没劲儿爱，也没时间恨了，可你却执意堵住耳朵，装出洒脱的模样，若无其事地开创着自己的新生活。

2

四年前的这个时候，我初来乍到，在布拉格人生地不熟，纵然有满大街的指示标志，可我依旧会迷路，加上本地语言又讲得不太顺溜，因此结交的也都是些扎堆穿梭在华人圈的狐朋狗友。

圈里有位学汽车制造的年轻前辈，是个响当当的技术控，外加无论讲些什么,他话尾都会习惯性地带上一句"个锤锤儿哟",因此我们都叫他锤子哥。

锤子哥三十出头,仪表堂堂,除了汽车相关话题之外,还热衷于偶发幽默,每次话说一半自己先乐,一笑起来脸上就会绽出两个甜蜜蜜的小酒窝。大家纷纷调侃他,说:"锤子哥小酒窝,你孤单纯情这么久,是为等待一个长睫毛、大眼睛的姑娘吗?"

锤子哥呵呵笑,也不回答,等到人声喧闹的小高潮一过,才话尾音一般幽幽来上一句:"个锤锤儿哟。"

我们都喜欢他,虽说不再是风流倜傥的好好少年,却也是朵气势磅礴、善于逗乐的霸王花。锤子哥更是以此为荣,说活了这么久,还是头一次发现自己原来是悲情世界中的现世活雷锋。大家越是手舞足蹈、点头称是,他就越是步履轻快、眉眼从容。

除了锤子哥,圈里深得我心的还有一个朋友,姓王,绰号大锅。大锅是北京人,虽然张口闭口羊蝎子、东来顺,但打眼那么一看,自内而外散发出的文艺气息却浓重到足以盖过一切不足。

大锅是位地地道道的摄影狂人,广袤至大画幅的河流、建筑,细微到连隔夜一根"破土而出"的青色胡茬儿,他都不肯错过地乱拍一通。

每逢节假日,一行人得空聚会,他二话不说,手捧相机对着锤子哥就是一阵忽悠。他说:"锤子你看哦,你这张的目光过于呆滞了,那张撇嘴的样子好像有点玩世不恭,左边那个脑袋窝得太低,显得自卑又怯懦。哦,这张姿势还不错,神态也恰巧能反映出当下的情绪,可就是这顶帽子绿得太低俗,有点儿像没发育全的大树,应该拿灰色调的围巾或鸭舌帽点缀一下才对……"

最初面临这种状况,锤子哥先是一愣,接着猛劲儿盯了他好几眼,提醒他别再往下说;到后来,干脆拿他当隐形人,原地整理衣袖,而后面不改色地绕到桌旁该说说该乐乐,错身而过的片刻还念叨上两句"个锤锤儿哟"。

大锅却誓死不罢手,他一路尾随,末了干脆搬张小凳子往锤子身边一坐。

锤子哥摇骰子,他守在一旁碎碎念;锤子哥碰了对七筒,他依旧碎碎念;锤子哥好不容易听牌,他继续自说自话般碎碎念……锤子哥终于两手平摊:"胡了,自摸!"他这才胆敢抬起膝盖,用力掰过他的肩,一本正经地挡住他的双眼:

"锤子锤子,你听我说,这话可是为了你好啊!你看你这一清二白的气质,加上这么直来直去的性格,很难约到姑娘的!"

锤子哥不以为然,转手去拿茶杯,刚碰到瓷把儿,就被大锅一把端走了。

他的双臂像是两扇节奏凌乱的大翅膀,扑腾扑腾,上下左右摇摆着。

他说:"锤子,你知道为什么成熟男人更受年轻姑娘的青睐吗?那是因为他们沧桑啊,就好像亲眼见证过海枯石烂似的。那种沧海桑田的美感,确实是经过岁月步步筛选、层层叠加而成的!而你的气质过于单薄,过于寡淡,过于透明又人畜无害,就仿佛看到头发就能知道心脏的样子,放眼看去一马平川。你的整个机制就好比一只撂下两颗弹珠就会发出脆响的玻璃瓶,可姑娘们却觉得自带缓冲海绵的檀木盒看上去更为温文尔雅。你懂我的意思吗？所以，眼神要尽量忧郁，表情要尽量凝重，举手投足间要尽量从容自如……"

还没等大锅讲完，锤子哥一把夺下他手中的茶杯，努努嘴，笑他浅薄。

"人生苦短哟，真诚和开心并列第一，没经验、没阅历装什么优雅深沉，扮什么沧桑老成？你个锤锤儿哟！"锤子一边笑一边转身码牌去了。

大锅最不满他的这种态度，被晾在一旁气得直跺脚，说："大锤子，你虽然现在对此不以为然，可总会有心领神会的那一刻！"

3

不久之后，记忆中是一个风浓雪厚的星期六，王大锅打电话约我出去，说是一时心血来潮又认识了几个新的美妞，想组队到伏尔塔瓦下游的河中小岛砸雪球。接到电话的时候我正和锤子哥在民族大道的法式咖啡厅喝下午茶，一听说是王大锅，锤子哥就毫不客气地一路跟了过去，还不忘嘟囔一句："个锤锤儿哟！"

直到碰了头才发现，除了锤子，来者是清一色的长辫子姑娘。

"王大锅，你是准备砸雪球吗？我看你这是要搞非法选美吧！个锤锤儿哟！"

姑娘们一听，捂着嘴巴偷偷乐，一旁的大锅用力瞪他几眼，端着相机对准姑娘们的身影就是一顿咔嚓咔嚓——

"你,向右靠一些……香奈儿,你要把胳膊举高,用力向上的那种感觉……妮可,你最好蹲下,稍微抬点儿头,假装在拢地上的雪……"

好一会儿,大锅的目的整套落定,大家这才热热闹闹地砸起了雪球。先是一轮暖场赛,按性别分组。锤子哥奋力向前冲,大锅用他的身子做屏障左右躲闪。哪想姑娘们一个个看似弱不禁风,战斗起来却来势汹汹。后来眼看着就要招架不住了,大锅拽着锤子一面向后退,一面劝他干脆缴械投降,好歹还能保留点儿风度。锤子哥立马收回就要投掷的手,将不成团的雪球往脚边一丢,说:"好啊,反正爷已经累成了狗,你偷懒哦,站在原地都没动!个锤锤儿哟……"

中场休息的时候,我去公园门口的小店买咖啡,就在那儿,我认识了杨一筒。当时她正端着六只滚烫的纸杯往门外走,我没注意,差点儿迎面撞个底儿朝天。我说:"要不你等等,等我买完这杯,咱一块儿给她们端过去!"她前后趔趄了两步,这才不好意思地点了点头。

一筒是个唇红齿白、长相水灵的姑娘,二十出头,正值碧玉年华。她笑起来的样子很好看,有点儿像林黛玉,温婉又娇羞,密实的睫毛来回晃悠,摇摇欲坠的样子很容易让人想入非非。

在王大锅邀来的众多姑娘当中,只有一筒稍微亲近些。除她之外的几个都是在华人网站上随机约到的女孩子,有的是来旅行的,有的是留学生,大多仅是一面之缘、享一时之欢的过客。

大锅与一筒在同一所音乐学院读书，一个在三楼学习大提琴，一个在四楼研习萨克斯演奏。有意思的是，他们虽说只有一面楼板之隔，但此前两年半却从未交过手。也是因为不久之前的圣诞大派对，学校组织乐队排练演出，两人这才有机会认识。

　　喝完暖手暖胃又提神的劣质咖啡，我们开始第二轮战斗。大家聚在一起商量，双方势均力敌兴许会更刺激些。王大锅在原地蹦了两下，一边甩出白花花的大牙龈子哈哈大笑，一边手舞足蹈，说："好啊好啊，男女搭配最好了！身边一有女生，我的保护欲就会直线上升到爆表，无论遇到什么情况都能发挥得特别好！"

　　锤子哥用力揉了他一把："个锤锤儿哟！"而后环顾四周缓缓开口，"刚好八个人，那就按人数平均分成两组好了。"先是两个男生优先抽签，而后轮番调兵遣将。

　　姑娘们玩得热火朝天，有的索性将长发往头顶上一盘，一个个抻长了脖子严阵以待。结果很是公平，我有幸和锤子哥分在了一组，大锅和一筒在对组。

　　开场十多分钟还算是打得火热，姑娘们嫌碍事儿，耳套、围巾、帽子一件件往下脱。

　　可二十分钟左右便出了场小事故，只听"哇呀呀"一声闷呼呼的长叫，像是有人轰然倒地了。大家纷纷撂下手里的雪球从四面八方涌上前察看，两三秒钟便将一小片空地围成了一座小小的帐篷。我们离得最远，得比别人多赶上几步，身边的锤子哥明显愣了挺久，吓呆了似的。

　　他耷拉着脑袋向人堆里看，只见一筒摆成了一个歪歪曲曲的大字形,照片儿似的平铺在厚厚的白雪上,全身像是被框住一般动弹不得,只有圆溜溜的大眼睛拼命忽闪着。

　　就在大家不明缘由,站在原地不敢动的时候,锤子哥大跨一步上前,一手托起一筒沉重的大脑袋,一手去拽她的衣服。忙活的同时,锤子哥口中还念念有词:"姑娘姑娘,你还好吗?我不是故意的,没想到砸得那么准,下手是有些重了。你……你没事儿吧?你快试着站起来……站起来看看,晚上我请你吃饭好不好啊?我知道一家特别棒的牛排馆,餐后甜点是家庭自制蓝莓奶酪蛋糕……"

4

　　一顿歉意满满的晚餐、一份甜到骨髓里的奶酪蛋糕、一晚冰释前嫌的谈天说地之后,一筒顺理成章地被锤子哥带入了我们的华人小圈子。

　　起初大家都万分好奇,特别是大钧。大钧只是一个牌友,跟我们混得也不是很熟,然而不分时间、地点,只要是一筒在场,他就盯着人家不停地看。那种眼神很是可耻,和人类观察大猩猩的感觉差不多。锤子哥拦了他好多次,说:"大钧你不能这样,人家姑娘不像你,人家脸皮薄,你这样不怎么礼貌,目光也太冒失了!"

　　大钧听罢,嗓门儿奋力提高:"这可怨不得我!嘿,一筒,这名字也太匪夷所思了,别说我了,你们难道不觉得雷炸天了吗?"紧接着就是大家伙儿一通炸了锅的狂笑。

其实稍微一想就能知道，好端端的一个大姑娘，又出身音乐世家，父母怎么可能给取一如此粗鄙又通俗的名字呢？

其实一筒不仅有名有姓，而且还挺好听，叫杨玉珊。当然，这名字我们不常叫，就像大锅、锤子哥，圈里圈外，好像唤人绰号早已是约定俗成的老规矩了。

5

有一次正好赶上复活节大假，人多手齐，大家闲来无事凑在一起打麻将。期间大锅打出一张牌，口中嚷嚷着："来来来，玉珊！玉珊啊！"

刘天在一旁顺口接道："玉珊？哎，等等，让哥们儿来给你碰碰碰啊！"一面叫嚣一面甩出两张一筒。锤子哥本来坐在旁边抱着茶杯静静观战，一听有人喊"玉珊"，立马抬起脑袋左顾右盼了一圈，与此同时连声追问："杨玉珊？哪儿呢？哪儿呢杨玉珊？"

王大锅一边出牌一边就嘎嘎嘎笑出了声。锤子哥一脸迷茫地望着他，望了半天也望不出个所以然来。大锅向对家比了个暂停的手势，装模作样地长吁一口气，就像准备开讲的黄大仙似的。

他一本正经地拿起桌面上的那张一筒，说："你看啊，这不就像是杨玉珊吗？脸圆腿粗大屁股，全身上下自成一筒！对了，还平胸！"

锤子哥立马涨红了脸，哼哧哼哧憋屈了好半天。他一把抢过那张一筒,在桌面上敲得啪啪响,说:"你们懂什么呀?人家姑娘可是胸前贫瘠,内心丰盛!哪像有的人,从里到外花里胡哨,做起事来外强中干的。"

大锅愣了足有四五秒,接着抬手打出一张两万:"管她是什么呢!呵呵,爷听牌了!"

每当一筒和他人发生小面积争执,哪怕仅仅是那种心理上的微弱摩擦,锤子哥都一定是不分青红皂白抡圆了拳头支持她的那个。

我们这群难兄难妹可不是整日浑浑噩噩的,其实大家打一开始就知道锤子哥对一筒有意思,但谁都没有先行说破。

八卦这东西想要藏着掖着哪有那么容易,但那可是锤子哥一而再再而三叮嘱过的。哥们儿姐们儿成群结队地劝他告白,他却屏住呼吸苦笑。他笑目前的自己一无所有,没条件也没勇气给水灵灵的杨一筒幸福。

倘若大家平日里言辞过分,开玩笑开得擦枪走火,彼此就连朋友都做不成了。为了替他们保持千丝万缕的联系,我们聚在一起的时候眉飞色舞、口若悬河,但从来没有谁当众多一句嘴。

一筒依旧欢天喜地地出入我们的小圈子,吃饭的时候有锤子哥替她夹菜,唱歌的时候有锤子哥替她添水,打牌的时候有锤子哥替她参谋,如遇不胜酒力,还有锤子哥替她出手挡住。

有一次一筒家的下水道严重堵塞,听说从马桶涌上来的污水都快把浴室淹了。当时是凌晨三点半,一筒一个电话,锤子哥叫了辆出租车就过去了。

布拉格的出租车是人尽皆知的贵啊,大锅经常念叨,那烧的不是油，都是哗啦啦的钞票！确实在那次突发状况之前，锤子哥一次都没舍得坐过。

一筒家在最顶楼，没电梯，因为是苏联时期的旧式建筑。锤子哥想都没想一鼓作气爬到她家门口，水也没喝一口，二话不说，脱了鞋就一头扎进了厕所。筷子、铁丝、洁厕精等相关的工具通通使了一遍也不见好，最后发现有东西阻着，只得伸手进去掏了大半宿。

事后的那个周末，一筒说为表感谢，单独邀请锤子哥去家里吃饭。

锤子哥一听心花怒放，这不是天灵灵地灵灵，月老殚精竭虑将机会摆在自己眼前了吗？他破天荒地买了瓶上等意大利年份葡萄酒，即使花去半个月的工资也丝毫不心疼。

锤子哥捧着大束鲜花在门口站了好一会儿，抚平了呼吸，整理好说辞，这才抬起胳膊敲门。不料门半开，眼一抬，没等到一筒喜滋滋的笑脸，却撞上了满目殷切的王大锅。

大锅当时正啃着一只绿苹果，他笑呵呵地招呼锤子哥进来，接过红酒和鲜花随手摆在茶几上。

一筒围裙都没来得及摘便从厨房走了出来，添完茶倒好水，这才满口抱歉地解释说："学校有个义务演出的项目突然需要排练，大锅临时赶过来，那就留下一起吃饭好了，反正做得多。"

锤子哥好不容易堆出一脸的假笑，连声说："好啊好啊，人多也热闹！"心里却想着，关键时刻，你来凑什么热闹，还排练？排个锤锤儿哟！

大锅看着他那张青白交加的面孔,也不予道破,哼哼哈哈地跟着随声附和。

那顿饭吃得别提有多艰难了。大锅提议将红酒打开,说是要借机活跃活跃气氛。一筒看了锤子哥一眼,眉眼含笑地微微点点头。结果一餐饭下来,一瓶红酒一筒倒是没喝几口,全被大锅消灭了。

锤子哥别提有多心疼了,早知道会是这样,不如买瓶最便宜的伏特加灌死他个锤锤儿哟的拉倒!不过想想也就作罢了,毕竟是兄弟,实在气不过,干脆就当作拿去喂狼狗了。

虽然面儿上不明说,但我总觉得杨玉珊多多少少能从锤子哥的行为中意识到些什么。毕竟是心思敏感细腻的姑娘啊,又正值寻情觅意的大好年纪,这追求虽说隐秘,却也大张旗鼓,她怎么就能看不到呢?

6

没过多久,杨玉珊恋爱了。

可是对象不是锤子哥,而是半身偶傥半身风流的王大锅。

锤子哥看着他们出双入对的背影直接傻了,他躲在他们的阴影里问了自己一万遍:对她掏心掏肺的难道不是我吗?为她遮风挡雨的难道不是我吗?那此时站在她身边的那个男人,难道不应该是我吗?

他第一次亲身感受到了什么叫作"回肠百转,心如刀割"。扪心自问,为什么自己拖拖拉拉这么久,做足了铺垫,却终究不肯抢先道明主题呢?

一对新恋人携手请客吃火锅,都是些走得亲近的朋友。当然,锤子哥也被叫上了。

大家围着张圆形木桌,别别扭扭,一句话都不敢说,生怕哪句话没说好,出口就变成了战争的导火索。一行人歪七扭八地堆在椅子上,接二连三地唉声叹气、捶胸顿足,觥筹交错间,纷纷替锤子哥感到沉重。

王大锅很明显察觉到了什么,可他故意不予理睬,一边忽悠大家吃好喝好,一边亲热地拉过一筒轮着番儿给大家敬酒。一筒开始还小口小口地抿,到后来已经醉得步子都扎不稳了。

敬到锤子哥这一块儿,她再也喝不下去,而且眼神涣散到不行。王大锅忽而变了脸色,揪着一筒的胳膊厉声呵斥:"你赶紧喝!这可是我兄弟!这是我的面子,怎么着你都得帮我挣!"

大锅的声音虽然浑浊却很洪亮,在座的所有人都被迫停下了手头的动作,目光挨个儿在他们三个之间游荡,最终还是落向了杨一筒。一筒起先还面不改色,憋了好一阵儿,撇撇嘴,终究是紧紧蹙起双眉哭出了声。

就在那片刻,锤子哥终于按捺不住了。他巴不得一天二十四小时分秒不离地做一筒的保护神,又哪能眼睁睁地看着她受委屈呢?

锤子哥拍案而起,对着王大锅抄起了酒瓶。我们一个个都已经吓得手麻脚麻不能动弹了,大锅却如醉如狂地咯咯笑出了声。他对着锤子哥抡了抡拳头:"你来啊,你不是就爱逞英雄吗?不好意思啊,没有江山任你糟蹋,美人也已经被我抢先一步了!不是好兄弟吗?好兄弟就应该尽心送上祝福,难道不是吗?"

锤子哥气血上涌,一瞬间便红了眼眶。他不由分说地举起大半瓶二锅头:"个锤锤儿哟,不就是组着团要祝福吗?来啊!哥们儿祝福你!哥们儿把今生今世所有的祝福加起来献给你!祝你们早生贵子,百年好合!"仰起头,咕咚咕咚地灌了下去。

那时候,一筒已经跪坐在地上好一会儿了。她眼睁睁地看着面前正在发生的一切,身心瘫软,却无能为力。

原本就不怎么喜庆的小聚会,末了直接变成了对友谊深恶痛绝的控诉。我们几个女孩儿送一筒回家,锤子哥说想一个人静静,吹吹风醒醒酒,抹干净鼻涕和眼泪就往查理桥上走。

其实大家都知道锤子哥喜欢杨一筒,可万万没料到,他竟然会为了她与好哥们儿大动干戈。

7

那天之后,朋友圈发生了小小的变动。一筒退场了,大锅和锤子哥势不两立了,就连牌局也散伙了。

不出一个月,大锅向一筒提出分手。

周五晚上,锤子哥照例加班到很晚,刚走到楼下,便被一双手从后面拽住了。他被吓了一跳,正想来个后空摔,没想转脸一看竟然是杨一筒。

一筒满脸是泪，使劲儿抽泣。她呜里哇啦地讲了好大一堆，可惜情绪过于翻江倒海，锤子哥一句都没听清。

锤子哥费了好大的劲儿才将她连拥带拉扶回自己家，一筒跪坐在地毯上打死都不愿意起来。锤子哥第一次遇见女孩儿摆出如此惨痛的阵势，左思右想了好半天，到头来还是手足无措。他将水杯递给她，却被一把放回到了桌面上。他想要上前说些什么以作安慰，却被一筒的哭诉打断了。

她说："锤子，我求求你，你帮帮我成吗？我打心眼儿里知道你对我好，处处为我着想，恨不得把我装在口袋里护着……可我爱的是大锅啊，真的，我爱大锅！可是他说有你在身边没有安全感，还说你的存在让他看起来窝囊又没用。他说看样子自己没资格和我再在一起了，现在无论如何要分手……我受不了，我觉得整个世界都塌了，你帮帮我好吗？让你的那些朋友离我们远点儿，别再说三道四了行吗？我好不容易才遇到一个自己深爱的，好不容易，你懂吗……"

好不容易遇到自己所爱……这种感觉，锤子哥又怎么可能不懂呢？他光脚站在地板上良久，一动没动。一筒还在哭泣，可这世界上的一切声音都如同潮水一般退出了锤子哥的耳朵。

"我爱大锅……我爱大锅……"这四个字如同芒刺般扎在锤子哥的心坎儿上，本不是什么新鲜事儿，本就是众所周知的事实，可此刻听起来，为什么就如此残忍刺耳呢？

他欲哭无泪，却不敢喊疼。因为他知道，此时此刻的一筒，一定比自己还痛苦。

锤子哥转身进了浴室，待了好一会儿才重新走了出来，眼睛有些肿，但脸上的神情明显缓和了许多。桌上的水已经凉了，他重新倒了一杯递给一筒，然后沉默地对她点了点头。

　　历经挣扎后的默许，到底又有多少人能够分辨出深藏其中的无助与疼痛？可是他爱一筒啊，好不容易才遇到一个自己深爱的，好不容易，你们懂吗……

　　自那以后，真的再没有流言蜚语满天飞了，也没有谁胡乱搅和、肆意起哄了，一切关于大锅的言论都绝尘而去。至于锤子哥对一筒的情谊，大家心知肚明，却没有人再提起……

8

　　时至今日，锤子哥已经离开布拉格将近六百天了。遗憾的是，一筒那篇伏尔塔瓦河边的爱情故事并没能按照预想的那样顺风顺水地写下去。

　　他们最终还是分开了。因为大锅一小半的倜傥，也因为他一大半的风流。

　　每当忆起旧时，一筒多少有些后悔。她时常在想，那个曾经可以为她背叛朋友、背叛世界、背叛整个布拉格的锤子哥，自己怎么就会眼睁睁地看着而无动于衷呢？想着想着，一筒也就落下泪来了。

　　可是他爱她，她却爱着他，这是雷打不动的事实啊！倒带也好，重头来过也罢，事实都是没办法改变的……

在过去这五百多天里，她都想要和他搭上话，哪怕说上一句"对不起"也好啊！可是过去了就是过去了，王大锅不再是王大锅，杨一筒也已经神色疲惫，心思成熟。

你有想过吗？兴许时光从来没有流动过，只是徒手将未来变成往事罢了，就像这条穿越了悲伤的伏尔塔瓦河。

9

锤子哥，爱情曾是插在我胸前的一把匕首。可是你看，我的伤口上竟然开出了美丽的花朵。

你，还好吗？

故事配小曲儿

《难忘的一天》(许巍)

阳光正温暖
一直照进我心里
如果没有你
怎么会有我今天
有时我会想起
和你经历的故事
那些情景在飞扬
甜蜜又感伤
再次走过熟悉的地方
如今的你不知在何方
你曾给我的温暖感觉
依然在我心
如果再见你
又是怎样的情景
会不会将你
再次拥进我怀里
阳光真温暖
一直照进我心里

往事已遥远
一年又一年
竟然在这一天
在不经意之间
人群拥挤的街头
你走过我身边
风吹起的青色衣衫
夕阳里的温暖容颜
你比以前更加美丽
像盛开的花
这是我难忘的一天
在隐忍和冲动之间
看着你渐渐地远去
消失人海中

至此别过，你的海角是我的天涯

1

圣诞节前一周，一群朋友以"购物和狂欢"为主题从捷克周边的几个国家赶来布拉格小聚。

见面那天是个星期五，天干地燥人心冷，大家先是三两成撮儿地自由活动，到了饭点儿心血来潮，临时决定围顿火锅。捧着手机反反复复商量，最后梁哥香烟一掐、脚跟一跺："就在民族大道的中餐馆好了！"

大家长声短声一阵唏嘘，他这才像突然想起什么似的，轻咳两声，又不好意思地挠了挠头。

我接到消息直接从家里出发，单枪匹马，最先到达。没想到，就在那儿，见到了失联已久的姑娘米米拉。

此时，她已经长发过肩了，黑丝在头顶挽了好看的髻，腕儿上的刺青也已经洗掉了，眼神明媚异常。她走过来亲热地抚了抚我的肩，温柔不改地咧开嘴冲我笑，一副春风得意的样子。

我愣在走道上,从头到脚地打量她,看了一遍又一遍——崭新的发型、崭新的衣着、崭新的面容、崭新的气色。然后我的目光连带着往边上晃了晃,发现一位容貌带着九成新的男人正端立在她的身旁。

她没注意到我浑身自内而外散发出来的惊异,侧了侧脸,雀跃似的挽过身边人的胳膊:"这是我未婚夫,打个招呼吧!"

2

我的这个朋友,姓米名米拉,北京女孩儿,在布拉格电影学院学习电影海报设计。她的父母必定一早便料到了她要走上艺术这条不归路,才斗胆为她取了这样一个特立独行的怪名字。

米米拉,读上去轻松惬意,但如果掌握不好节奏,唤起来就像是打了结巴。

米米拉是我读语言班时候认识的女孩儿,因为性情平稳温和、处事善良正义,不到一年便横扫男男女女,顺风顺水地晋级成了所有同学的好闺密。这姑娘样貌普通,智商平平,胸前平坦,身后风平浪静。

米米拉胸怀宽广、为人仗义,做起事儿来活像个金光灿灿的风火轮,可不知道为什么,每每说到她,朋友们总会不约而同地想到一类人——生活女配角。你们知道女配角吗,就是那种为男女主角做陪衬,被《生活大爆炸》里的谢尔顿形容为"淡入浅出",给观众留不下任何深刻印象的人物。

没错,她就是这样一个热热闹闹的"生活女配角",而在她的身边,总是围绕着那么几个光芒四射的女主角。

唯一能够将她区别于路人甲的先决条件就在于,米米拉生性热情似火,天真起来整个世界一马平川,温暖起来拥有令八大行星捶胸顿足的独门技能。

3

真正和米米拉联络情谊,是在2011年的冬季。那时候,她已经申请上电影学院了。

我喜欢喝咖啡,她正好在城区大道的兔子尾巴咖啡馆兼职做侍应。在那段寒冷彻骨且前路模糊不明的峥嵘岁月里,我唯一开心的事情就是每周一、三、五下午放学后和她肩并肩坐在伏尔塔瓦河畔,一面谈天说地,一面连吸带舔碎碎星家庭装。我红唇香烟,刘海遮住半边脸,拉妹光环黯淡,嘬着吸管儿坐在正对面。我努力开创我的性感人生,她穿灰色高筒雪地靴,大脑清楚,眼神无辜,俨然一位古道热肠的倾听者。

大家通通喜欢她,因为她是整个咖啡馆唯一一个不会在奶泡上拉花,却见人就会扬起嘴角的姑娘。

米米拉细胳膊细腿细眼睛,工作之余喜欢穿水洗做旧的牛仔短裤和淡黄色棒针毛线衣,外面裹着件工工整整的枣红色呢子大衣,脚蹬两坨毛茸茸的、灰色的云。挺长的一段时间里,她都与七八个制作小组的同学住在一间宽阔的苏联式旧公寓里,睡抽去龙骨的床垫,吃拙劣的大锅饭和超市买来的冰冻比萨。其中有志趣相投的好战友,有暗战不断的反面派,有私人空间感极其强烈的进修小导演,还有她心仪已久却全然不敢展开攻势的"小清新"牌台湾老男孩儿"亨利李"。

我总共也只造访过一次他们的住所。那是在一次大作业的关机派对上,米米拉左手端着香槟,右手杵了杵我的肩,醉意盎然地猛晃着脑袋:"嘿,我就要搬家了。"

那是她与梁哥认识的第三个星期末,也是梁哥失恋的第三个星期末。当然,后者是他赶在分手的时刻才告诉她的。

梁哥在布拉格的一家中国公司做物流,是兔子尾巴咖啡店的常客,那段时间天天光顾,西装革履,咖啡只点拿铁或Espresso(浓缩咖啡)。

是米米拉率先动的心,可她不敢轻举妄动,她试着用巧克力酱在拿铁上面画桃心,画坏了一个又一个。

直到有天结完账,她转身就要走,没想却被梁哥突然拽住。他慈眉善目地指着杯子说:"姑娘啊,你可真逗,我平生还是头一次见人在咖啡上画屁股。"

米米拉当场怔住,眼睛瞪得老大。整个场面尴尬得无与伦比,她支支吾吾地说不出一句完整话,手舞足蹈地解释了半天,好不容易换来梁哥的一句话:"今天有时间吗?不如一起吃晚餐吧。"

这一年,米米拉二十二岁,初次恋爱,撞上了梁哥。

4

米米拉搬去和梁哥一起住,在市郊租了一套六十平方米左右的小公寓,房租平摊,生活费基本上由梁哥一人承担。虽然算不上富足,却也衣食无忧。他风雨无阻地在外打拼,她也任劳任怨,课业之余做起了快乐的小主妇。

说起梁哥的爱好,倒有点独特,灯红酒绿的食色大欧洲,可他偏偏喜欢吃火锅。米米拉虽然不好这口,却也总是欣然前往,陪同左右。民族大道的中餐馆是大家聚会的指定场所,物美价廉不说,老板本就是成都人,菜品地道,汤料纯正。

大家围着桌子热火朝天地吃火锅,米米拉一定是忙翻天的那个。梁哥刚要伸手涮牛羊肉,她就抢过瓷盘一筷子一筷子地给他烫;梁哥又要毛肚,她就拿个小漏勺守在锅边儿等;梁哥说年糕快煮化了,她就挽起袖子挨个儿往大家碗里捞;梁哥说,别光招呼我了,你自己也快吃点儿吧!她二话不说,笑盈盈地捻起一只大丸子,恨不得直接送入他口中。

大家敲着碗筷大肆起哄,搞得梁哥满脸通红。

有一次领了年终奖,梁哥财大气粗地邀请几位好友吃火锅,不用想,拉妹自然紧随其后。席间大家依旧该闹的闹该乐的乐,嬉笑怒骂,漫天八卦。饭局末了,我们几个都喝得差不多断片儿了,梁哥大手一挥叫服务员来结账,正要掏钱,半道杀出了米米拉。她一把夺过梁哥的钱包,满面红光地叫嚣着:"你的钱你留好,这顿我来慰劳大家!"

梁哥立马拉她过去，伏在她耳边说了些什么，没想到米米拉却用力摆着手："什么说好了你请啊，怎么这么啰唆，咱俩谁出都一样！今天我来，如果你过意不去，下次跟我这儿补回来就行！"

这举动弄得梁哥好尴尬，他的脸由白转红，接着又由红转黑，一看拉不住，只好缴械投降。那天晚饭过后，大家扎堆去酒吧，他们两个借故推辞，一路沉默到家。米米拉催促他洗澡，他却坐在沙发上纹丝不动。她不明所以地上前帮他脱衬衫，却被他毫无意识地一手拦下，接着长吁一口气："米拉，我想……我可能真是有些累了。"

一次挺长时间后的小聚，不知是谁无意中又提起了此事。梁哥这才跟大家解释，拉妹在饭桌上虽然是万般好意，但这番举动，让他一个大男人的面子往哪儿搁呢？

毕竟正一同经历着好山好水好光景，一句"累了"兴许无患。米米拉想了想却也没当回事儿，照样该学习学习，该顾家顾家。

情人节那天，米米拉很好心地邀请我和另外一位单身姑娘去家里吃烛光晚餐。刚在客厅沙发上坐下没多久，梁哥就满身火气地冲了进来。他将手机往桌子上一摔，潦潦草草地向我们问了声好，二话不说便将米米拉连推带搡地赶进了里屋。前言欠缺，后语不足，我和那位一脸雀斑的单身女生全然不知发生了什么，只好手捧水杯，我看看你你看看我。

里屋的争执声越来越大，不出二十句，战火全面爆发。雀斑姑娘被吓了一跳，身体一抖，水杯毫无悬念地滑落到了地毯上。她接着蹲下身子不顾一切地拼命擦，还没等清理干净，就看见梁哥挺着个怒火朝天的大脑袋冲了出来。他几步穿过客厅，没顾上看我们，抓起外套就往门边走。米米拉在后面一边追，一边一把鼻涕一把泪地玩儿命吼着："到底谁对不起谁啊？！你不就是忘不掉她的样子吗……"

我俩没去追，毕竟是成年人之间的私事，不怎么好干涉的。至于接下来发生了什么，也就不得而知了。我蹲下身子帮雀斑姑娘清理水渍，等到一切都安顿好了，这才结伴讪讪地离开了他们的公寓。

只是后来有一次见到米米拉的时候，她的头发已经剪短至耳根了。除此之外，她左手手腕处还多了一块莲花形状的刺青。那个藏青色的图案毫无美感可言，远远看上去，更像是一小块丑陋的伤疤。

就因为他说，自己独爱短发的姑娘；就因为他说，如果你真的爱我，那就把我的信仰刻入身体啊！他信口胡说，她却当作圣经来听。怪就怪，她总是费尽心思认真揣摩他说过的每一句话。

大家一方面心疼她，另一方面又笑她傻。梁哥也就是一个道路不明、前途未卜的苦逼小青年，和这座城市里众多潜质尚未被开发的劳苦大众一样，勉强维持着一份并不怎么合乎心意的工作。就这么一个普通人，你说你干吗要对他俯首称臣、唯命是从呢？

"你知道吗，他对我而言实在太重要了。"这是她与梁哥刚刚走到一起的时候对我说过的话。有一次，我下课后照例去兔子尾巴咖啡店买咖啡。店里客人不多，米米拉趁老板不在，忙里偷闲在我的对面坐下。

那时候,他们之间的爱情还是令人神采飞扬的制氧机,无论何时何地,只要谈论起这段关系,总能引得她笑容满面、容光焕发。

"我打小家教严格,中规中矩的,之前没谈过半场恋爱。从青春期那会儿开始,就只是凭借着一部部言情小说体验爱情。到了真该找对象的年纪,害怕受伤不敢亲身试水,只好寄希望于一本又一本的爱情鸡汤。每每遇到无比心仪的男人,第一反应便是回顾书本,对号入座,按兵不动,而后对对方的一言一行进行反复揣摩。结果呢,却是每况愈下。不是我夸张,形容那段糟糕光景的词,无非就是什么颠沛流离啊、曲终人散啊,仿佛孤独终老注定要成为我命运的最终定义。"

她一口气说完,停下来,两步跨去吧台,给自己倒了一杯柠檬水,又郑重其事地在我的对面坐好。

"直到我遇到了梁哥。"紧跟着一声轻咳,像是提示着某种隆重的开场。

米米拉跟我说,那段时间的她真的是身心俱疲、有气无力,在爱情与虚晃的河流里苟延残喘地游啊游啊,拼尽全力却靠不了岸。梁哥绝对不是令她一见钟情的那个,但也算是接二连三地在她内心深处撞出了爱的小水花。她一开始其实没想太多,只是在他的咖啡上画桃心,与此同时和自己打赌。

"我没有任何伪装,也放松了警惕,扔下那些安慰日日夜夜的爱情拯救论,尽情发挥了好一阵儿。没想到,虽然画的桃心没被认出来,但情感道路反而畅通了。你们不理解我为何对梁哥万般好,那是因为我对他不仅有爱还有感激,感激他给了我一次放手去爱的机会，感激他让我知道自己值得爱与被爱……"

我将咖啡杯朝近处挪了挪，顶着满脑子的天马行空跟着附和："谁说不是呢！爱情的大道理基本等同于徒有其表的大白话。普天之下有那么多男人，又怎么可能整齐划一、详详细细地分门别类呢？有的男人喜欢安逸，你过于折腾，他势必会与你分手；有的男人喜欢新鲜刺激，而你过于本分沉郁，他势必会与你分手；有的男人天生喜好同性，而你偏偏是位异性，他势必会与你分手。你看，这世界从来就不存在爱情的模范形式或最优定义。所谓的爱情鸡汤，不过是主观控制之下经过层层筛选，选出最符合自己心意的催化剂而已。"

米米拉一手捧起水杯，一手捂住嘴咯咯笑，说："姑娘，哲学院出来的讲话是不是都像你这样挥洒自如、头头是道？"

你们可能不知道，这其实是人生头一次，因为梁哥的倾情出场，米米拉放弃了爱情鸡汤这门死心塌地的终极信仰。

5

就在人人称道米米拉是个宇宙限量版青春无敌贤内助的时候，梁哥却单方面提出了分手。理由是，你对我太好了，可我却力不从心，觉得压力很大。

事实上还有一个更为具体的原因他没明说，认识米米拉的时候，他和前任刚刚分手，很显然在上一段感情的末尾还没缓过劲儿。与其称米米拉为"新欢",不如说她是一根会在奶泡上画出屁股形桃心的救命稻草。

梁哥也不是不爱米米拉,可人情世故,儿女情长,又有谁能够说得清楚呢?梁哥与前任相依相伴七年半,整个风光明媚的青春都毫无保留地献给了对方。前任是个安静细腻的南方姑娘,言谈举止很有小家碧玉的温婉。

时光在梁哥的感情观里烙下了深而炽热的印记——那位终极伴侣,本应该是个温柔娴静,与世疏离,微笑起来云淡风轻的南方姑娘。

可米米拉恰巧相反,她对生命时刻充满热忱,对生活怀抱着火一般的激情。这样的姑娘,换在懂得欣赏的人的手上,想必会是一件稀世珍品。

有一天下午,米米拉闲来无事,干脆和我约在了共和广场附近的一家比萨店。我提前五分钟到达,去吧台要了一杯热可可,一面搅奶油,一面气定神闲地坐在门边的位子上往街道上望。不一会儿,米拉拉背着只环保袋出现在了落地窗的另一侧。

我招呼她进来,抬手又要了杯一模一样的,伸手朝她面前一推:"暖身暖心,喝吧。"转身又要了份土豆比萨。

那顿晚餐吃得相当艰难。拉妹面对质疑与安慰左右闪躲,我也只好讪讪地笑着,对主题三缄其口。

米米拉中途去卫生间补妆,回来的时候鼻头红得像驯鹿。她用刀叉切比萨,却始终低着头,参差不齐的碎发挡住了鼻子以上的大半张面孔。我伸手去抚慰她的肩,她这才强忍不住哭出了声,豆大的泪珠噼里啪啦地砸湿了面前酒红色的餐布。

"我曾几度认为，我们是彼此这辈子最最理想的伴侣，对此，就算情感触礁、颠沛流离也深信不疑。可事到如今，我才恍然大悟，原来我被自己的一厢情愿蒙骗了这么久。他对前任念念不忘，可我从来就没在乎过。他想让枕边人变成自己心目中的样子，我把头发剪了，刺青也文了，他要什么，我通通愿意尽全力配合。"

她仰头将杯中的可可全部喝光，缓和了一下情绪，这才接着开口："后来，我也想通了。要说，谁的初恋不是给给给呢？梁哥也曾义无反顾地给过，虽然……虽然那个人不是我。但这么想来，心里总是要平衡很多。我知道，他不是不好，我也并不糟糕。他纵使对整个世界充满了善意，可那份体贴在我面前却吝于表达。我也曾问过自己无数次为什么，其实答案很简单，只因我恰巧不是他心仪的那一类姑娘。"

米拉不再往下说，抬眼望着远方，满眼泪光。

临走的时候她轻轻握了一下我的左手，说："亲爱的，你别担心。我才二十三岁，年轻得恰到好处，依旧热衷于满世界闯荡，而梁哥也依旧是我欣赏的对象……"

没过多久，米拉搬出了合租的小公寓。又过了一段时间，梁哥也搬了出来。他们这一前一后地出走，令房东大为不解。其实我们这群看客心里再清楚不过，面对这样一段奋不顾身的感情，梁哥毕竟还是有所留恋的。米拉走后，他再也无法只身一人沉浸于那段爱痛交杂的丰满回忆中。

6

关上往事的窗,我在与米米拉左侧隔了一个位置的圆桌边坐定。服务员将菜单递上来的同时,门口响起嘈杂的声响。晶晶拎着一只硕大的购物袋当先冲进来,短短的队伍中,梁哥紧随其后,正要入座,却一眼撞见了视角正前方的米米拉。他立刻怔在原地,四目相对的戏码紧跟着上演。米米拉万般尴尬地愣在那儿,惊异之余,只好微笑着咧了咧嘴角。梁哥正想要上前说些什么,那位崭新的男士算准了时间似的,就端着两盘牡蛎满面春风地走了过去。

桌上的铜锅将要沸腾,蒸汽升腾缭绕,模糊了彼此的视线。她不再看他,转手将几片羊肉放入小漏勺,等了几口酒的工夫,又从锅底捞出,接二连三地往对方碗里放。男人笑意盈盈地将橘子汽水递过来,她掩着嘴轻轻笑,眼睛里是数不尽的温柔。那场景似曾相识,感叹之余,梁哥竟感到有水汽涌上了眼眶。

觥筹交错的时刻,服务员前来对单,那目光险些被岔了过去。梁哥一个激灵,伸手抢过服务员手中的菜单,一笔一画地认真核对起桌上的菜品来。

后来,他毫不自持地望过她好几眼,而她却始终忙碌着。那次破天荒的遇见,也就不了了之了……

过了挺久,梁哥的身边又出现了一个姑娘。姑娘是西北人,大眼睛、高鼻梁,烫得一头亚麻色的柔软波浪。朋友们聚在一起涮火锅,她做事周全,谈笑豪爽,最重要的是,她烫好菜品分别往大家碗里放的样子,简直和拉妹一模一样。

米米拉结婚了，或许是回国发展了。总之，那之后，她再也没有在梁哥的生活中出现过。是谁说善良的女孩儿得永生来着？米拉，你看，布拉格下雪了，北极熊也该冬眠了，你遇到能够相拥一生的理想先生了，这一切的一切，都已经好起来了。

故事配小曲儿

《笑忘书》（李荣浩）

没　没有蜡烛　就不用勉强庆祝
没　没想到答案　就不用寻找题目
没　没有退路　那我也不要散步
没　没人去仰慕　那我就继续忙碌
来　来　思前想后
差一点忘记了怎么投诉
来　来　从此以后
不要犯同一个错误
将这样的感触　写一封情书　送给我自己
感动得要哭　很久没哭
不失为天大的幸福
将一份礼物　这一封情书　给自己祝福
可以不在乎　才能对别人在乎
有　一点帮助　就可以对谁倾诉
有　一个人保护　就不用自我保护
有　一点满足　就准备如何结束
有　一点点领悟　就可以往后回顾
来　来　思前想后
差一点忘记了怎么投诉

来　来　从此以后
不要犯同一个错误
将这样的感触　写一封情书　送给我自己
感动得要哭　很久没哭
不失为天大的幸福
将一份礼物　这一封情书　给自己祝福
可以不在乎　才能对别人在乎
啦啦啦啦……啦啦啦啦……
从开始哭着忌妒　变成了笑着羡慕
时间是怎么样爬过了我皮肤
只有我自己最清楚
将这样的感触　写一封情书　送给我自己
感动得要哭　很久没哭
不失为天大的幸福
将一份礼物　这一封情书　给自己祝福
可以不在乎　才能对别人在乎

第二章

大海、宇宙与倒塌的爱情

我们一边受伤，一边行走；一边扇自己耳光，一边就地自省，有时候觉得自己像个哲学家，有时候觉得自己更像满嘴胡言乱语的神经病，而更多时候，觉得这世界疯狂无情却不乏美丽。

爱情森林中,你是我飞扬跋扈的小白兔

1

亲爱的piupiu:

现在是周一早上十点,可惜我睡过了头。你已经走了,带着我昨晚精心打包好的培根三明治。而我刚才睁开双眼,吃了一整块胡萝卜蛋糕。躺回到床上掰着指头一算,和你在一起已经半年零四十九天了。内容比想象中的要超值许多,并且我这回破天荒地突破大关没被失恋。

2

去年的这个时候我正和前任在里昂郊外的原野上骑大马,一层风雪一层冰,不幸摔伤了膝盖。他满腹哀怨地驮着我说:"姑娘,你看你连骑马都不会,看来咱俩终有一别。"

我说:"那么厚的积雪,是因为路面很滑啊,马拐了腿、闪了腰是我的问题吗?"

他用鞭子轻轻抽了下我的屁股,半脸假正经外加半脸的不怀好意:"这你可就浅薄了吧?从小到大,你骑脚踏车我骑马,这明摆着就是天生异路,门不当户不对,就算再怎么豁出命去努力也是没办法改变的。"

我本以为能顶着一副灰姑娘的乖巧相,常年蜷在小马哥的膝下混吃混喝,直到海枯石烂、地老天荒,没想到走到半路他和大马约好了似的一块儿尥蹶子,二话不说将我踢下了脊背。

整个世界都在喊疼,因为我的皇后梦稀里哗啦地宣告破碎。

我通宵饮酒,一半喝一半吐;我和闺密商量着徒手炸地球,光着脚在门前的雪地上砸雪球,结果打坏了公寓门口的路灯。我管这种行为叫"于事无补后的破罐子破摔",闺密却嗤之以鼻地纠正说是"no zuo no die(不作就不会死)"。

我说:"我不恨他,也没什么好受伤的。和那个大浑蛋分手相当于给自己解了锁通了关,经验值增加不说,指不定还能晋级泡到王思聪。"闺密翻了个大白眼,紧跟着一桶冷水当头泼过来:"你还是醒醒吧,要真是这么想,你也只适合养个傲娇的大笨猫,守着自己的零星家产孤独终老。"

她是乐呵呵地开玩笑,不料我却听得认真,而且哭得地动山摇。我责怪她太残忍,怎么可以站在风口浪尖处往相依为命的另一半的伤口上撒盐撒胡椒呢?

她说:"你可别乱说。我为人正直善良,举家清贫,艰苦朴素，没多余的盐任你折腾。我一般都是收集海水，必要的时候为你掸尘清土。再说这是经验之谈，要趁热打铁，多刻薄几次也就皮糙肉厚、刀枪不入了。"

我们去伏尔塔瓦河边数天鹅，从天明一直数到日落。

天鹅顺着黑漆漆的河道漂啊漂，方向不明的时候便冲着岸边呱呱叫。闺密忽而转头看向我，说："乘风破浪感情路，到头来还是大龄相亲最靠谱。"

我在一旁高耸肩膀，玩儿命点头："是啊是啊，其实没有爱情，仅仅维持脚踏实地的生活，听起来好像也不错。"低下脑袋，酸奶糊了一手。

那天晚上我又喝多了，虽然没摔进沟渠，却也招来了救护车。躺在鸣着刺耳笛声的移动抢救室里，我拉住闺密的胳膊："呜呜呜，那么几下可不是免费的，响声都还没听够，几百克朗就花出去了。"闺密袖子一撸脚一跺，很仗义地来了句："就算你不要命，我还害怕被拘留！这钱，姐来出！"

我俩半大不小的女青年，畅想着自我实现、荣归故里，而后接受传统的相亲、生子。那样颓废到底的日子真美好啊，不用思考出门穿什么，不用判断吸引男人需要哪个色调的眼影，不用承受高跟鞋磨破双脚的痛苦，更不用去趟超市还要手捧计算器算尽卡路里，索性做个远拖后腿的终极大玩家，给"上进心"强行喂下半瓶安眠药，让它睡吧睡吧……就这样不管不顾，整个前半生看似酷得噼里啪啦。

听说每个人都有一段邋里邋遢的闲置岁月，颓废期一旦过去，自然也就开门见光啦！

闺密一脚踹过来,满口牙膏的嘴一张一翕好不自然,她说:"省省吧,如果闲得慌不如去喝点儿心灵鸡汤,别再为自己的堕落找借口了成吗?"

接下来的一段时光中,我毅然决然地寄居在了闺密的家中。我闪身幻化为情感宇宙里流离失所的小野猫,她高举对整个世界满满的善意,好心将我收留了。我们一起吃饭,一起睡觉,偶尔躺在床上讨论爱情的通关大秘籍,聊着聊着连失眠都同步了。她开心的时候给我买礼物,不开心的时候喂我吃蛋糕。我一脸萌贱地对她说:"你怎么可以这么伟大、这么好?如果你愿意,以后我们就携手至终老好了……"

预想之外,后半夜,我被迫睡在了床下的角毯上。

这情节很可能是给未来做出的小铺垫,而我当时全然没意识到。只是还没出一个月,闺密便挽着一位气宇轩昂的王老五出现在我面前,一番痛哭流涕,一番感怀秋月,一番忆苦思甜。

我正要上前揭穿这个伪善而背叛的小女人,她却偷偷递过来我心仪已久的那条施华洛世奇项链。

她的两束犀利的目光随着那亮晶晶的高级玻璃珠子一路射过来,好像在说:"闭嘴吧,快闭嘴吧!"我摸着那只奢华大气的包装盒,两眼含泪:"好啊,我闭嘴啊,就快闭嘴啦……"

作为离别礼物,那条项链加快了我们分道扬镳的速度。

我说我的心彻底碎啦,要去旅行疗伤了!她两眼放光,好心告诫,可别去大森林哟,大灰狼可是最喜欢通体浑圆的小白兔啦!

我满头雾水,头顶放出一道粗壮而无知的光芒。

3

piupiu，就在那场意味深长的旅行中，我遇到了你。对你来说，那算是一场抱得美人归的艳遇吧，但对我而言无非等于一场"有缘的人走到哪里都会相逢"的际遇。

你带我去你家，好吃好喝地供着，把大床让给我，自己睡沙发。午夜十二点，我羞容半掩，伸腿踹了踹你的被子："嘿，惊鸿一瞥，你是怎么看上我的呀？"

原本睡眼迷离的你瞬间打起了精神，你说喜欢我的知书达理，喜欢我的静动两相宜。其实我也是在关系稳定之后才知道这句话背后的含义——你是在说虽然我脸圆腿粗，但是胸前有大物。

我抱着暖气呜呜地哭，你说："哭什么呀？"我说我感到失望，身冷心也冷。你说："姑娘，这可是可遇而不可求的旷世大优点，是我发自生理以及心理的双重真爱，你能懂吗？"说着便走过来摸了摸我。

我为你洗衣做饭，陪吃陪喝；你给我疼爱，给我零钱花。仔细想想，生活不就等于长达一辈子的包养吗？

我说我想成为大作家，你满脸苦笑："小姑娘，可千万别为难自己。我也有一个Dream啊，我想成为世界首富呢！"

我问你，自己也努力，也拼命，可为什么不能够像张嘉佳那样大名响当当啊？你说了一段我至今无法忘怀的奇葩话。

你说："将基本值设为无穷大，中彩票的概率是百分之一，走在路上被花盆砸死的概率也是百分之一，写作出名的概率还是百分之一。而世界上好事坏事都是基本平衡的,那么你既没中彩票,也没被花盆砸,又凭什么妄想出名呢?"

然后你瞟了眼我的满脸倒霉相,摸摸我的头。你说:"还是好好儿地做美厨娘吧,以后等我成了世界首富,给你在张嘉佳家门口开家咖啡馆!"

"原来在这个世界上,出名不仅需要努力,还需要运气。卖书需要心力……"

你又摸摸我夸我聪明,往我的头上插了一朵带刺的玫瑰花。

4

夏天过后,我从布拉格转战德国。我们租了一套小公寓,在四环,条件不错,可我还是喜欢叫它"窝棚"。

和你在一起之后,我的整个生活都丰富起来了,好的暂且不说,就连吵架、撒泼,我都觉得优越感直线上升。

你要吃菜我要吃肉,我掉头就走,赌你会不会紧追在后。穿过好几条街,一个土耳其人吹着口哨在后面跟着我,正当我怕得就要掉眼泪的时候,一个转角,你默默地拥住了我。

你带我去了车站附近那家我盼望已久的泰国餐厅,大手一挥点了两份我最喜欢的食物并排摆在面前。你说:"看看,看看,左右都是肉啊,吃吧吃吧,吃剩下了我再上手啊!"

那时候我才明白,爱情并非新鲜感过后的力不从心,而是经久不衰的忍耐与迁就。

我捧着一张梨花带雨的温柔大脸想要向你表忠心，可你一边抹嘴角的红油，一边哼哧哼哧地将脑袋往碗里拱。我轻唤你的名字以示注意，你好不容易抬起了头，断然地来了一句："可别说那些煽情的，珍惜眼前，好好儿吃饭，我愿意做饲养员，你就负责开心。到头来，别蹉跎了岁月就行。"

初入社会，我们并不宽裕，但你倔强啊，执意不要父母一分一毛。

你勇闯天涯，拼命奋斗。你说好的作者都是有钱有闲、生活安稳、毫无忐忑的，于是亲手创造出了一个现世安稳的小宇宙，让我不愁吃穿地躲在里面好好写作。你要我相信，一个人绝对能够负担起两个人的生活。

piupiu，你是这大千世界里的一粒尘埃，却是我眼中的一整个星球。你深知道路崎岖，生活不易，却努力让我的世界看上去微尘不染，一马平川。

5

我曾经梦想过十七岁的好山好水好青春，却没幻想过在这个乌烟瘴气的尘世间，在自己二十三岁的时候还能遇到一个好男人。

闺密来找我，因为恋情惨败。作为情感小狐狸的她，竟然出乎意料地遭遇人生滑铁卢，恋爱大限未到，王老五却另觅新欢。

新欢是一个心傻面善的小人鱼，样貌姣好，家世普通。闺密说那姑娘既不拜金也不虚荣，却被他两手故作脆弱的情感牌一举拿下。他说她和自己早年夭折的妹妹竟有八分相像，给她买蝴蝶结、买糖果、买泰迪熊。姑娘起先无动于衷，最终还是难逃柔情追捕。

闺密深知这一切终究是会发生的，却比自己预期的要早上许多。

她在广场比萨店的小角落里稀里哗啦地哭了大半个晚上，我坐在对面一边低声安慰，一边消磨起咖啡和猪肘。她说成年人的世界真恐怖，遍布谎言与背叛，打眼看过去华灯璀璨，繁华之下却隐藏着千疮百孔。我嘴里塞满食物，冲着她用力摇头。我说："咱俩不也是成人世界中的善男信女吗，还不是人畜无害，纯良无辜？可千万别对这个虚实难辨的花花世界丧失信心哟！"

终了，我将那条施华洛世奇递到她手边，她低着头执意不伸手接。我说："我本来就没准备佩戴，知道一戴咱俩就会彻底玩儿完。现在先存放在你那儿，等到咱俩真的劳燕分飞的那天你再还回来，不然到时候还得花钱再买。"

她终于忍不住泪崩了。我也算是煽情的话没少说，她给了我一个史无前例的大拥抱，说都怪自己人畜不分，肉眼难辨对方到底是颗钻石还是坨沙土。但其实千年巨钻也不过是碳啊，和沙土又有多大的区别呢？我说："你也别难过，好在咱俩都已经见证过彼此惨绝人寰的悲情时刻，共同进步呗，也算是扯平了。"

她在我怀里躲了好久好久，一边哭还一边抖。

直到午夜十二点，闺密才登上返回布拉格的大巴车。

piupiu,你还记得吗?那天晚上咱俩平躺在床上,半梦半醒,你问了我一个问题:"如果有一天分手了,你打算如何开创接下来的人生呢?"

"不知道啊!"我说,"想必漫漫人生路,渺茫到尽头。你呢?"

"我也不知道,好像从来没想过这样的问题啊!"

"可突然被问到,就像是病患提前被预知可能死亡,心里空落落的,想哭。"

你一定没有注意到我内心戏十足的小波动,翻了个身子,又若无其事地搂住我的腰:"赶紧睡啊,明天还要上班挣钱给你买骨头呢。"

我开始失眠,插上耳机听陈奕迅的歌,你在一旁毫无知觉地打起呼噜。

6

piupiu,原来好的生活根本不像小说里描述的那样惊心动魄,曲折离奇,它实在是过于平凡,平凡到恨不得拧出几滴感动的泪水来。

我也曾想过力争感情上游,用以填充我的白马王子和公主梦。没想到你提前推开了我的心扉,虽然没有宝石权杖,没有高头白马,却也足以令我为你倾尽余生。

有幸时至今日，一切都在。本来打算畅想一次离别，可铺天盖地的美好迎面而来，忽忽悠悠一大圈，不料内心深处晨光依旧美好。

倒不是对前路自信满满，写了那么多失意的爱情小故事，又怎么会认定风雨飘摇的感情路终究会一帆风顺？

不过是自我镇定罢了，好在我天生手握吗啡。

不过是要将一切美好都隐去两个字——但愿。

7

至于闺密口中那片小白兔与大灰狼频频出没的大森林……

我也是刚刚才想明白这个道理——在爱的人面前，情愿自己做那只吃不到肉的大灰狼，也会拱手要对方做那只飞扬跋扈的小白兔。

不说了，下午吃香焗蘑菇意大利面，要去买锅买铲备香料了。

故事配小曲儿

《我要我们在一起》（范晓萱）

风远远地吹着我的脸我的手我的发我的心我的眼睛
你远远地待在那个城那个路那个房那个灯那个扇窗口
我静静地放着你给我的CD音乐当作背景
怎么唱
都不再煽情
我记得你习惯闭着眼抱着我好像我是你的脸笑嘻嘻
我不知该如何对你笑对你哭张着嘴不理你像个机器
你的世界我的日子好像没有谁对谁发过脾气
过得太快　来不及　唉哟唉哟唉哟唉哟唉哟
你说你说我们要不要在一起　柔情的日子里
生活得不费力气　傻傻看你　只要和你在一起
唉哟唉哟唉哟唉哟唉哟
你说你说我们要不要在一起　柔情的日子里
生活得不费力气　傻傻看你　只要和你在一起
唉哟唉哟唉哟唉哟唉哟
我说我说我要我们在一起　柔情的日子里
爱你不费力气　傻傻看你　只要和你在一起
不像现在只能遥远地唱着你

那个陪你闯过水深火热的女孩

1

在布拉格单打独斗四年多,除了潮起潮落的二十多段露水友谊之外,像老泡、大锅、锤子哥这样从一而终的好朋友,也确实有那么几个。

这其中有一位重量级的男闺密,姓方,是位大叔。因为学富五车、见多识广,朋友们给他起了个帅炸天的外号——方百度。

认识方哥要比老泡他们晚一些,当时我已经驻扎布拉格两年多了,享受男欢女爱的同时,坐拥伤情往事数不胜数。

那段日子我正处于人生的阶段性瓶颈期,精神萎靡外加生活落魄,衣食住行也跟着闹了场史无前例的大饥荒,住地从城堡后面的高级学生宿舍搬到了市郊一间屁股大的苏联老公寓,无病呻吟之余,却也备感人世坎坷。

公寓整体是木质结构,年久失修不说,还经常会有不明小昆虫在墙角做窝。室友是个俄罗斯女孩儿,常年不是驻扎图书馆就是寄

第二章 大海、宇宙与倒塌的爱情

居在家,已经宅到了炉火纯青的地步。

搬来那天,我正好在楼道口遇见了方哥。当时我正咬牙将一只超大号行李箱往楼梯上拖,他大致问了几句便一把卸下背包递给我,接着将箱子往肩上一放,哼哧哼哧,一鼓作气地放到了我家大门口。事后我给了他一袋酸倒牙的橘子,这段说不清道不明的友谊,就从那时候拉开了序幕。

我住在四楼A户,方百度住在三楼B户。老房子里没有抽油烟机,我做菜通常靠煮。

方哥倒很是讲究,无论如何都要吃上几口小炒。每天下午做菜时由于受不了油烟呛鼻,他总习惯性地将房门打开一条半米来长的宽缝,以至于每每上楼路过他家大门口,我都会一边捏着鼻子,一边瓮声瓮气地唤上几声"方哥"。

他也顾不上抬头,一边踩着小碎步抄锅抄铲抄作料,一边随口应上几句:"嗯呐,嗯呐!"

日子久了,当称呼比不上亲近的关系了,我干脆给他起了个专属绰号,叫作"嗯呐"。

他哼哼哈哈地说"嗯呐好啊""嗯呐嗯呐",听起来跟韩国大明星似的,有特点,唤起来显得鼻音浓重。

嗯呐外表健硕,内心丰盛,三十末尾四十出头,正值人生桃花的盛放时节。

原本嗯呐的梦想是去非洲大草原开个小厂做橡胶拖鞋发家致富奔小康,没想到阴差阳错,被老婆的好闺密千里迢迢地拐到了布拉格。百转千回之后,最终落户在一家中国人开的外贸公司管理财务。

2

我刚搬过去的那段时间,恰巧他过得也不怎么好。

嗯呐当时正和分居两地的老婆闹离婚,两人年轻时叛逆耍酷做丁克,如今缺了孩子做拴马桩,外加天各一方,交流干涸,感情上自然比大多数夫妇动荡许多。

方嫂一方面希望嗯呐守在国外赚大钱,另一方面又抱怨他不能时刻陪在自己身边,基于此,一哭二闹三上吊的戏码可是没少上演。

嗯呐最初还没日没夜不分时差地悉心安慰她,大小道理跨越地球讲了个遍,可她执意不听,反复纠结,飞扬跋扈更上一层楼。到后来嗯呐也不乐意了,他说:"这世界可真是黑白颠倒啊,想当初还不是你闺密出的傻主意吗?如果没有你们背后怂恿撺掇,又怎么会有我的今天?"

也不真的是谁对谁错,要说任何一段爱恨情仇的肆意发展,起初可都是因为期望与在乎。

嗯呐心里明白,静下来想一想,不怨天不怨地,只怨自己没本事,无法将老婆留在身边。

我说:"那你就不害怕某天真的离婚吗?"

他说:"怕又能怎么样呢?得过且过吧,等到衣锦还乡的那天,一切就都会好起来了。"

最初我们只是见面点头问声好,可很快便上升到了分享美食、畅聊心事的亲密地步,偶尔还会喝顿大酒,附带抱成两个肉团儿哭天喊地。嗯呐特别多愁善感，当然，这也是我们潜入彼此内心深处后我才发现的。

公寓拐角处有家越南人开的24小时便利店，正对面就是一家俄罗斯人开的黑熊小酒吧，特色饮品除了伏特加兑红牛就是原味伏特加。他们家的伏特加特别正宗，小抿一口，就会原地抖三抖。

第一次光临是个周五的傍晚，我初次和男人混酒，打心眼儿里发怵。

嗯呐要了一小杯百利甜，牛奶一直加到了杯口，而后随手将加了汤力水的金酒放在我面前的吧台上。他压了压手腕，说："咱俩都别喝太多。哥不是请不起，只是喝多了容易伤感，容易哭。"

我看了好半天没敢出手，战战兢兢地幻想起醉酒后五花八门的可能性来。他一定是看出了我心怀忐忑，咯咯地笑了好长一声，紧接着意味深长地来了句："姑娘你放心，叔叔我这儿不是戏果儿。不是没养过小孩儿吗，觉得你挺好玩，全当揣摩揣摩父亲的角色。再说咱俩这楼上楼下的，我天天看你跳来蹦去闹得慌，总之是下不去手。"

那天晚上我们喝得别提有多尽兴，后来半醉半醒地坐在马路牙子上扯着嗓子唱《单身情歌》。嗯呐的声音特别难听，跟老牛砸破锣似的，最开始几段我还跟着吼，到后面听他来来回回地重复高潮几句就生生捂起了耳朵。

再睁开眼睛的时候，嗯呐坐在一旁抽烟，味道刺鼻，天边已然泛起了浅浅的鱼肚白。

3

嗯呐喜欢捣鼓相机,出国之前在北京电影学院进修过一年多的电影摄影,拍出来的大片小幅天马行空,虽说算不上名家名作,却也拿得出手。

刚认识的那几个月我还跟着他到处乱跑,翻山越岭,风里来雨里去的。那时候我卖了上网本和PSP,添了两百多克朗换了台七成新的二手索尼单反,周末得空两人楼上楼下一个招呼就带上装备出门了。

冬末春初主要是在城堡区拍樱花,稍稍抬头,铺天盖地的粉红色。嗯呐漫山遍野地找角度,我就拖拖沓沓地跟在他的身后,看他镜头对向哪儿,就抢先一步咔嚓咔嚓摁上几声。再后来嗯呐就不带我去了,说是独自上路更有利于精神沉淀,有利于灵感的捕捉。

过了小半年,五花八门的大劫小难使我们顺理成章地晋升为了彼此心灵的高纯度吗啡,不仅相互止痛取暖,偶尔还能制造点儿"雾里看花,世界纯洁无瑕"之类的甜蜜幻觉。没事儿的时候我们也旧账新翻,聊聊时过境迁,顺带着聊点儿痛心疾首的生活感悟什么的。

嗯呐有一顶红白斑点的毛线帽子,艺术品似的常年摆在客厅正中的装饰柜顶端。那帽子很有趣,扣在头顶像是一朵受了伤的大蘑菇。

有一次嗯呐夜里挑灯,隔着国际长途和嫂子干了一架。完事后嫂子"啪"一下摔了电话,他憋着一肚子的火气没处撒,噼里啪啦地拽着我去楼下的俄罗斯小酒吧。我点了奶酪香肠吃得不亦乐乎,他坐在对面摇头晃脑地将烈酒往嗓子眼儿里浇。我喝了一口橙汁，咬着吸管儿笑他一言难尽，有苦说不出。

"怎么，这回就不怕喝醉后大哭吗？"

他打了个响亮的酒嗝，凭空挥了挥拳头："酒壮怂人胆，喝到穷途末路，不怕老婆不怕老妈，天不怕地不怕！"

嗯呐说完，继续驼着个身子接二连三地灌闷酒，一不留神就折腾到了凌晨两点多。

从酒吧出来，路上已经没什么行人了。他先是前后摇摆了几下，后来就死死抓住小店铺外的铁栏杆怎么劝都劝不走。我俩干脆瘫坐在马路牙子上休息，因为在市郊，晚上车少，放眼望去野山成群，仰起脑袋满眼星斗。

嗯呐先是哭天抢地怨宿命，闹腾了好一会儿，话题跑偏聊到了蓝精灵。我一个激灵，突然想到了那顶蘑菇帽子，戳戳他的肩膀开口就问："就一团糟了的破毛线而已，在你眼里怎么就那么值钱呢？"

嗯呐狠狠地瞪了我两眼，高声大呼我目光短浅，有眼不识泰山。他说诸如此类的纪念物，贵就贵在精神和心理价值，怎么能用金钱衡量呢？庸俗！庸俗！

我笑他故弄玄虚，小题大做。得有多么高昂的心理价值，能让他将一团过了时的旧毛线当文物似的供着！

嗯呐没像往常那样跟着我逗乐，反而安静下来端正了脸色，酝酿了好一会儿，才跟我讲起了那个永世永生都无法忘怀的姑娘——他叫她"狗宝儿"。

4

狗宝儿是嗯呐的初恋，相遇、相恋、分手，整套悲欢离合下来，距今也已经有十四五年之久了。

嗯呐年轻的时候有一特别长命百岁的爱好——登山，用他自己的原话来讲便是，那时候的人和水一样特别纯，那时候的山也和天一样特别高远。

和狗宝儿认识就是在一次民间自发组织的香山扎营活动中，发起人是他的发小儿——虎头。

虎头和水深火热三年多的姑娘谈掰了，想着法儿地喝酒闹事寻短见。嗯呐总不能看着他不明不白地人间蒸发啊，干脆劝他说不如跟哥们儿一起组织个登山活动，在网上发个帖子，就说登山好啊登山妙，不仅能够强身健体，还能增进男女友谊什么的。运气好点儿的话也有机会在小树林里搭座帐篷过个夜，体会大自然赋予生灵百态的神圣恩惠。

他说："你别怕，就往'表面上纯良无瑕，暗地里诱拐人心'的方面写，指不定能引来几只傻头傻脑的小蜜蜂、小蝴蝶。"

虎头也赶在伤心欲绝的浪头上，想都没想就照着编了。结果可好，傻头傻脑的姑娘没引来几个，却引来了天真烂漫的狗宝儿。

那时候，狗宝儿在天津的一家国企里做会计，也是趁着年休假放松身心，和朋友相约来北京小聚，一半闲来无趣外加一半膨胀的好奇心，考虑了一整宿才决心参加这个野外登山小战队。

嗯呐当时一眼就相中了她，说她个头不高却小鸟依人的，笑起来的样子温婉又洋气,像邓丽君。

虎头守在一旁忍不住长吁短叹,说:"老方你的情感道路还停留在蒙昧期没幡然开窍呢,也还没像哥们儿这样被逼到山穷水尽。你哪儿舒服哪儿待着去,别争别抢,别跟着瞎凑热闹,成吗?"

嗯呐连连抱拳,说:"兄弟,咱这哥俩好已经唱了二十多年,学生时期的黑锅哥们儿也都替你背了个遍,原谅我吧,这回兄弟铁定对不住你了!"

那时候的嗯呐脸皮很薄,泡妞的伎俩一大堆,可通通贡献给了身边的狐朋狗友们,自己跟女生借块橡皮都会脸红,更别说嬉皮笑脸地前去搭讪了。

他不好意思直截了当地冲上前去深入打探,只好叫队里一位登山多年的好姐们儿帮忙要狗宝儿的电话号码。

拿到号码的那一刻,耳边传来唰唰唰的声响,是他心里的小红花不约而同争相绽放的声音。

不久后的一个星期四,正巧赶上荷尔蒙爆棚,嗯呐心血来潮请假坐火车去天津。忐忐忑忑了一整路,走到出站口才拨通了那串烂熟于心的号码。

电话接通大半天,他短暂地自报姓名之后就变得结结巴巴,说不出一句完整话,呼吸声是浪打浪,一浪更比一浪高。

狗宝儿以为他出了什么事儿,心急火燎地问了好多遍"你怎么了",嗯呐哼哼哈哈很久,好不容易憋出了一个蹩脚的理由。他说:"我来天津办事儿,人太多钱包被偷了。现在身无分文,寸步难行,你能不能过来支援我一下?"

狗宝儿总不能见死不救吧，先是问清楚了地点，又安慰说别着急，路上堵车可能得耐心等一等，说完便哐当一声挂断电话，拦了辆出租车就过去了。

那是他们第一次单独见面。嗯呐说他当时紧张得跟吃了摇头丸似的，心脏突突突地跳，搅得五脏六腑都快奔涌而出了。

为了抚平内心的忐忑，他买了瓶颜色鲜亮的橘子汽水，靠在铁围栏上抽烟，看人群深处风起云涌，脑中幻想着姑娘的嘴唇和小手。

就在嗯呐被幸福的大星星砸得眼冒金星之时，狗宝儿一袭青色长裙出现在了不远处的十字路口。姑娘二十出头，从内到外一副生机勃勃的样子，正逢人间四月天，举手投足都是诗。

嗯呐觉得她特别美，那种美简单而直接，她咧嘴一笑，世界为之倾倒。他从头到脚盯着人家看了一遍又一遍，可还没等看够，狗宝儿便挪了挪身子，温柔开口："这么晚了，你还没吃饭吧？"

嗯呐还没缓过劲儿，就又立刻被她这副善解人意的模样迷得晕头转向。他还没来得及回答，狗宝儿抢先一句："那走吧，来我家！你也真是赶得巧，今天正好要做打卤面呢！"

狗宝儿在城南租了一间小公寓，加上阳台总共也就四五十平方米。客厅连着卧室，餐桌勉强卡在厨房一角。

那顿清汤寡水的烛光打卤面便是这段青涩爱情的开端，嗯呐满怀期待，终究梦想成真。

狗宝儿是东北人，晚餐吃到一半才想起橱柜里剩有半瓶没喝完的牛栏山。嗯呐酒量不行，嘴上喊着"来来来"，心里却想着完蛋完蛋完蛋，果然半杯酒下肚满脸通红，一杯酒喝完趴在桌上动弹不得。

狗宝儿乐呵呵地将他往沙发上一放就起身去收拾餐桌。抬腿的瞬间，胖乎乎的钱包恶作剧般从嗯呐的屁股口袋中滑落。狗宝儿一时之间心领神会，但她装出什么都没有发生的样子，将钱包重新塞回到他的兜里，接着从里屋拿来毛毯替他盖上，又小心翼翼地掖了掖毛毯角……

5

当时嗯呐在北京惠普的技术部门任职，狗宝儿在天津工作。两人不甘异地，怕思念熬成红豆，于是嗯呐为填补距离的空白开始行动。

他每天早上乘五点的火车去天津，给狗宝儿准备好早餐和午餐，再将她吻醒，然后坐八点的火车赶回北京上班。周末两人商量着轮流跑，就这么跑了一趟又一趟，跑完了大半个青春。

嗯呐很爱狗宝儿，没有口口声声的海枯石烂，却是那种字里行间所流露出的心疼。他说那份心甘情愿的付出并非没有原因，狗宝儿是在他一无所有的时候陪他闯过水深火热的姑娘。

那一年的情人节是嗯呐一手操办的，前戏是蛋糕店里的甜品早茶，外加一枝枯萎到只剩七成新的玫瑰花。

随后他带她去了一家很棒的动物园。在两只正在交配的斑马前面,她吻了他。他看得出这件事对于狗宝儿来说隆重而认真,而且这种认真正是来自暗暗的"你很吸引我"的表达。至少撇开一切她是不由自主的,而他是满心欢喜的。这种认真迫使他去回应,因为在嗯呐眼中,这个姑娘善良而无辜。

后来嗯呐对我说,每当和她接吻的时候,他都能够尝到自己的味道,这让整个世界看起来甜美了许多。

嗯呐送了狗宝儿一枚圈成羽毛形状的玫瑰金戒指,那是他从街边的银器店买回来的,说是情人节礼物,当作提前的生日礼物也行。反正赶早赶晚都是爱,没差别的!

那戒指很轻,是镀金,就像他的吻,薄如羽翼。狗宝儿将它套在无名指上,做出海誓山盟、生死与共的样子。嗯呐在一旁呵呵地笑,说:"戴上我的戒指,今生今世就是我的人了!"

虽说是短途,但总这么跑来跑去也不是个事儿。嗯呐心一横,直接背着父母辞职去了天津。他用从前挣来的全部积蓄租下了一间大点儿的房子,找了新工作,在一家影楼做摄影师助理。

他们去二手市场挑家具,狗宝儿一本正经地问嗯呐预算是多少。嗯呐说:"没有上限,不够了我向哥们儿借,只要你喜欢就行。"

狗宝儿听完便蹦蹦跳跳地精挑细选起来,但是她明明喜欢那套黄花梨的桌椅,却偏说自己看中了一旁的铁艺桌椅;明明她的目光在雕了花的原木茶几上停留很久,最终却伸手指了指背后的那套蓝玻璃茶几。

嗯呐很是诧异,这搭配看起来完全四不像!他挺着肚子调侃说:"你的审美还真是鬼斧神工、出其不意!"再仔细一看,才发现姑娘心仪的全都是同类之中最便宜的物品。

他说:"你别光看价钱啊,得看自己喜欢的!虽然咱是过渡期,但也没必要太寒酸不是?不要担心,哥付得起!"

狗宝儿一口咬定选中的自己都喜欢。鬼斧神工怎么了,这剑走偏锋的混搭,眼光差的人当然看不习惯!

嗯呐在原地愣了几秒,紧接着一步跨上前去抱住了狗宝儿。他说:"老婆,真是委屈你的审美了。别担心,以后该有的咱都会有,该享受上的一样都不会缺!"

嗯呐说狗宝儿倔强起来的样子很好看,面目狰狞得相当可爱,背上的一副蝴蝶骨跟没张开的仙女翅膀似的,忽闪忽闪……

6

嗯呐年轻那会儿打扮挺前卫,时不时还烫个酷头、穿条花裤衩什么的。

有一次闲来无事翻一本日本杂志,不经意间翻到了那顶红白相间的蘑菇帽子,喜欢到不行,看了一遍又一遍,到最后那页纸都快给他翻烂了。

狗宝儿看他这般迷恋,偷偷存了两个月的午饭钱托远在日本留学的朋友给买了一顶原版的,漂洋过海两个多月,好不容易在嗯呐生日当天准时漂到了他的手中。当时嗯呐捧着那顶帽子高呼万岁,跟打了激素的小鸡似的上下左右来回扑腾,房子都快给他蹦炸了。狗宝儿就站在灶台前面一边煮面一边呵呵笑,她学着嗯呐当初的语气张口道:"你喜欢就好,别担心,姐付得起!"

狗宝儿的家庭也算得上小康,打小没经历过什么大风大浪,眼中的世界自然一马平川,以至于面临死亡,也全然没有任何关于恐惧的概念。

那场事故发生得很突然,绵延无尽的隧道,前方的货车突然向右打满了方向盘。嗯呐毫无准备地跟着向右急转,结果直冲向右边的墙壁,人仰马翻,整个宇宙灯火熄灭,瞬间陷入了黑暗。

嗯呐醒来的时候,狗宝儿已然被定格在了晚上七点三十五分。这数字是遗物,用以纪念那段不谙世事的青春。

嗯呐的精神世界毫无预兆地轰然倒塌。

他说狗宝儿早已在他的内心深处安营扎寨。

他说他再也没有力气去爱其他的女孩。

7

如今的方嫂是通过家里人介绍认识的。那年,嗯呐已经三十二岁了。

嗯呐对方嫂隐瞒了这段伤心往事,以至于方嫂始终以为他就是这副没心没肺的样子。他说:"你要的一切我都会尽全力给你,两个人相守一生真的不易。"

方嫂说:"好啊,那咱就携手共创美好生活,走欧洲,赚钞票!"

嗯呐按她的意思做了,没想到这一去便是不知尽头,遥遥无归期。

8

终于有一天,我如同狗熊冬眠一般陷入了热恋。搬家的前一天傍晚,嗯呐敲开了我的房门。我们在黑熊酒吧聊到凌晨四点,没有伏特加,没有任何酒精。

他郑重其事地告诫我,世界上过这村没这店的可不仅仅是年底街边大促销,还有那段陪你度过水深火热时期的旷世好感情。一无所有兴许是件好事儿,能让你触摸到最为纯粹的爱与感动。

过去的,真的只能眼睁睁地看它过去。能抓住的,请就地珍惜。

故事配小曲儿

《最冷一天》（陈奕迅）

如果伤感比快乐更深
但愿我一样伴你行
当抬头迎面总有密云
只要认得你再没有遗憾
如果苦笑比眼泪更heavy
但愿笑声像一滴滴吻
如明日好景忽远忽近
仍愿抱着这份情没疑问
住面前时代再低气温
多么地庆幸长夜无须一个人
任未来存在哪个可能
和你亦是 最后那对变更
唯愿在剩余光线面前
留下两眼为见你一面
仍然能相拥才不怕骤变但怕思念
唯愿会及时拥抱入眠
留住这世上最暖一面
茫茫人海取暖度过
最冷一天

如果苦笑比眼泪更heavy
但愿笑声像一滴滴吻
如明日好景忽远忽近
仍愿抱着这份情没疑问
住面前时代再低气温
多么地庆幸长夜无须一个人
任未来存在哪个可能
和你亦是最后那对变更
唯愿在剩余光线面前
留下两眼为见你一面
仍然能相拥才不怕骤变但怕思念
唯愿会及时拥抱入眠
留住这世上最暖一面
茫茫人海取暖度过
最冷一天

恋情迷魂汤

1

苏小姐今年二十五岁,与她的初次相遇是在两年前,从克鲁姆洛夫返回布拉格的长途大巴上。

初冬午后,天光熹微。砰的一声车门敞开,直端端对上了一家乡间冰激凌店。

一小阵孩子的追逐嬉闹声过后,紧接着,她大步一迈跨了上来,沿着走廊行至车尾,朝这边扫一眼,张口就问:"姑娘,我看你也是中国人吧,我能不能坐你旁边?"

我摆摆手任她坐下,她也浅声道谢。在接下来的路途中,我们谁都没有主动说起半句话。

那天苏小姐头顶红色贝雷帽,脚踏镶了两排铆钉的黑色长筒雨靴,指甲涂成酒红色,贴了钻的假睫毛上下翻飞。第一眼看上去,像是从电影里走出来的人物,更像是剑走偏锋的轻朋克少年。

2

简单来说,从相识的那天开始,我对她的印象就是——不停地恋爱,不停地失恋。

她跟我说,因为了解自己是一个好了伤疤忘了疼、认真负责且全身心投入的人,所以只好任凭风起云涌,大浪翻腾,等到感情耗得净尽的那一天,才可以安然嫁人。

3

与同龄人相比,苏小姐的恋爱史算得上相当丰富。因为性格丰满热烈,所以她有幸见识过各种各样的男人——有诗人、律师、提琴手、中学老师,还有公司白领……当然,这些仅仅是我了解到的一小部分。

"诗人不好,说好听点儿是倜傥,说实际点儿是风流!律师不好,表面正经内心猥琐!提琴手不好,貌似高雅却大多不能解决温饱!老师不好,刻板不懂变通!白领不好,累得像具活尸体,嘴上念叨着我爱你,其实根本无暇顾及感情……"

之前的几年里,苏小姐只跟与自己年龄悬殊的男人谈恋爱,理由饱满而简单——和大龄男人在一起,就算最终爱恨交织、鸡飞蛋打,也能落得一身成熟的伤疤。

据我三番五次的旁敲侧击以及酒后逼供得知,在她的各式男朋友中,最大的那个大她二十来岁,是一位离异且秃顶了的交响乐团提琴手;最小的那个也与她相差八岁,是一个以刻板较真著称,且三十多年没谈过一次恋爱的生物学博士。

"初涉情场,女人总会找些熟透了的男人练手,一方面满足自己天真的征服欲,另一方面强调雌性荷尔蒙散发出的年轻魅力。几番折腾,真等到要稳定下来的时候,必然是全力找到一个普普通通却稳如大山的伴侣。"

这是在一次大型Party过后,苏小姐的感慨。

那次的大型Party整体来说比较失败,该怎样形容我们的沮丧感呢,大概是该来的人没来,该走的人不走。苏小姐看没什么聊头,受邀跳了几曲扭扭舞后便拉着我躲在卫生间左侧的一处烂沙发里头,一面咬着吸管,一面机敏地四处乱瞟寻找猎物,就连镶了水钻的假睫毛也上下翻飞着,呼呼啦啦忙得不亦乐乎。

"那男的腰有点儿粗,左边金色头发的又太瘦。"她一边说,一边用力嘬着吸管,"哎,你看你看,那个穿红色紧身裤的卖相还不错!咦,是不是Gay啊?"

我俩躲在无人察觉的黑暗中大肆指点着、挑剔着、赏玩着,其实这一切的一切,不过是为了掩盖尴尬与不合心意叠加而成的望而却步。

几杯朗姆酒下肚,苏小姐整个人都泪眼迷离起来。她脱下绑架了野性的西装小外套,拆散一头原本装饰精致的长发,干脆地撕去破损一角的假睫毛,高跟鞋也被凌乱地踢到了沙发另一头。

这样的模样,不管是看上去还是闻上去,都风骚得恰到好处。

4

苏小姐的启蒙读物是《简·爱》和《洛丽塔》，口中常常念叨小精灵一样的女孩子总是那么迷人，为此她穿百褶裙，将头发漂成浅浅的金色，洒甜橙味儿的香水，抽女士香烟，带着细细长长的象牙白过滤嘴，还用洋娃娃似的假睫毛和正红色的唇膏。

当然，她的每一段恋爱也大致模仿了冲突百出的戏剧情节，不仅以破罐子破摔而告终，而且在明眼人看来，自始至终都是以鱼死网破为目标的"虐恋"。

因此我经常在猜想，或许是那两本书在很大程度上影响到了苏小姐的恋爱观和择偶观，那是一种润物细无声般的思维侵略，以至于她自己丝毫没有察觉。

苏小姐喜欢嚼口香糖，粉嫩嫩的水蜜桃口味，在地铁里、公交车上、微风弥漫的河边、黑压压的人群间等各种场合都嚼，最常见的一种行为便是一面用力而坚定地咀嚼，一面死死盯着手扶梯下层满眼柔情蜜意地互捧脸庞的男女，一直嚼到大功告成的时刻——男人的注意力被苏小姐吸引去，一面朝我们抛媚眼，一面放慢手头动作，漫不经心地敷衍起八爪鱼似的伴侣。这时候，苏小姐便会若无其事地收回目光，微微扬起下巴，带着一副奚落的神态几步穿到人群前面去。

我算是一个如影随形的小跟班儿，习惯懒洋洋地躲在她的保护里，相貌普通，穿深色的衣服，步履从容，眼神无辜，想象力与胸部一样平庸。

5

要知道，苏小姐鲜艳明了的感情观绝不是与生俱来的，用她自己的话说就是——"曾经我也是一个不谙世事的小傻子，爱上一个男人的时候恨不得拿杀猪刀把自己的五脏六腑剖给他看。结果呢，他觉得恶心，觉得有压力，二话没说，头也不回地去追求那个妆容精致、举手投足间风情无限的女人去了，最重要的是，那女人总对他爱答不理！"

这些惨痛往事我一开始的时候就知道。

那是我和苏小姐认识的第一个月，也是她和前男友恋情破裂的第一个月。我们坐在傍晚的麦当劳里，要了两份金光灿灿的儿童套餐。

苏小姐像告诫孩子一般拉着我的胳膊梨花带雨一顿痛哭，说到最后，无限哽咽，又将自己那份套餐推到我面前："我吃不下，一想起来心里就堵得慌。我喝红茶就好了，这份你也吃了吧！"

我一边大口啃薯条，一边抽取面巾纸给她擦眼泪，套餐吃了两大份，安慰的话倒没说上几句。

那顿晚饭期间，苏小姐从头至尾去卫生间补了三次妆，喝了一杯红茶、一杯可可和一杯西柚味的气泡水，纸巾用了几大包，身边的客人换了一桌又一桌。我坐在对面像个小傻子一样望着她，尝试感同身受，却是欲哭无泪。

当然，除了吃掉两份食物之外，我也默默地从她的眼泪中读出了两个无关痛痒的大道理：第一，人要有自制力，包括对流露爱意的掌控能力,再爱一个人也要留出可以透风的空间,不然自我满足的同时会给对方造成无形的压力;第二,幸不幸福只有自己知道,就像鞋子合不合脚只有自己知道一样,你会有很多精美且能应付各种场合的鞋子,但真正常穿的一定是看上去磨得最破的那一双。

听说那次恋情的香消玉殒拖拖拉拉足有一年半之久,一个抛头颅洒热血,死去活来不愿放手;另一个瞒天过海,等着与新人尘埃落定再一走了之。越是握不住就越是不甘心,越是要千方百计地想办法留住。

结果,他还是走了。

他将收拾好的几大箱行李一件件搬到楼下停车场,她费尽眼泪与气力一件件地搬回楼道。他身心俱疲,无能为力,徒留叹息;她抱着他的腿被拖出好几米,口中嚷嚷着:"你别走,我再也不闹了!你想爱谁爱谁,只要别离开我就好!"他一把将她推开,临走放言道:"你应该去看看心理医生,再这么歇斯底里下去,下一个男人也会离开你!"

那套老式公寓是苏小姐和过去式先生以爱情为名义联手租下的,公寓大门对着一家法式咖啡甜品店,向右一拐便是一座小型儿童游乐园。

从前,他们两人尽挑着月黑风高的夜晚并排坐着讲情话、荡秋千,有时候还临着甜品店打烊,进去抢购最后一块舒芙蕾,然后情不自已,荡秋千一荡就是大半个晚上。

分手那天,苏小姐拖着旧爱来不及带走的沉重躯壳以及死一般凄凉的心情足足晃荡至天边泛起小片鱼肚白,才打算回家,但没多久，雨点就稀稀落落地砸了下来……

他的一去不复返终究成了板上钉钉的事实，可苏小姐却沉浸在爱与痛的回忆里久久不愿意醒来。为什么？为什么？为什么？她昼夜不分，一遍遍地问，最终不仅痛失一个男人，还输了一地满目疮痍的自尊。

6

有两种人，一种是感情失意之后能够抛下包袱很快走出来并整装踏上新征途的人；另一种是执意将自己深埋在过去阴影中享受痛苦、自我虐待且不愿重新来过的人。

可苏小姐是第三种——表面上整装待发，内心深处不愿复活。

以至于后来她主动出手过好几个男人，很努力地把握，用心维护彼此的关系，但心门却像是锈住了似的无法敞开。

他们尽可能地相处融洽，不为小事争执，不为大事懊恼，恋人之间该有的都有，没有的便绞尽脑汁营造，可最后通通无疾而终。

"不知道为什么，每次发展到一定程度就走不下去了。至于这个程度，从时间上来讲是四十五天左右，从心理上来讲，是在我认真深入考虑两人共同的未来的时候。其实我不太敢想，好像经过自己用心计划的东西都会落空，就好像魔法，或者说是诅咒！"

记得当她哽咽着说完这一席话，我感情特别投入地握住她的手，低声安慰："不要担心，既然已经走到这一步，不如干脆死撑到底！我相信，总有一天你能够克服重重过往，总有那么一个人格魅力超强的男人愿意带你闯过乌烟瘴气向前走！实在不行，直接找一心理医生嫁了得了！"

苏小姐很识相地咯咯一笑，随即将整个脑袋枕在了我的肩膀上，乱蓬蓬的、毛茸茸的，像一只小猫，在爱情中撞得头破血流。

"要知道，爱得太深却得不到相应的回应，积怨也会加深。全部的爱投入一个人身上不仅会让对方背座大山，而且不利于长久发展。我觉得像我这类精力旺盛的人应该同时拥有三个男人。你想想——一个沉稳的用来结婚，一个浪漫的用来恋爱，一个臭味相投的用作蓝颜，不仅对情感进行精确的分门别类，还能分散爱的注意力！你看，就这么规划，下一次无论如何也要试试看！"

对于苏小姐的天马行空，我还是略表赞赏的。

当然，并非鼎力赞同这种矫枉过正的破碎感情观，我只是单单觉得，她既然打算这么折腾，就说明她还愿意在自我疗愈的黑胡同里寻找出路，而没有就此萎靡堕落，虽然她这匪夷所思的想法颠覆了我的传统爱情观。

可我心里异常明白，别看苏小姐嘴上这般信誓旦旦，到头来也就是唇齿间青烟一溜。如此不负责任的事情若真让她潜心去做，想必无论如何也是做不出来的。

后来她的确试了几次，但遗憾的是屡次不成。计划刚刚排列完整，还没来得及按理出牌，男方便一举识破，连一句"拜拜"都懒得说，掉过头转身就走。

7

既然东方怎么都点不亮,苏小姐干脆一把甩掉爱情这个破烂摊子,暂时将注意力全部投入她的海外代购事业上。

经过父亲大人的鼎力相助,经过凄风冷雨的千锤百炼,荷兰奶粉、德国香肠、法国包包、意大利时装等通通从她手上经过,运到国内。就这样,她的学业不但没耽搁,钱也是哗啦啦地赚着。在这样的情况下,我们的约会地点也从之前廉价的炸薯条快餐店变为服务费比餐费还要贵的法式咖啡厅,闲聊的话题也比之前明朗大气了很多。

至于命中曾经不可或缺的男人们,也好像主动退位到了钞票与盛世狂欢的后面。苏小姐过得越来越夸张,自娱自乐的玩法也越来越多,还时不时提点我说:"你是一编故事的,活得不刺激、不丰盛怎么行呢?什么七情六欲,什么醉生梦死,什么要今天不要明天……你看看,这些浓妆艳抹又极端的词汇就是用来打点你这样的人的!跟着姐嗨起来,精神放松才会有灵感!"

……

8

两个人之间相处久了,总会有悲有喜有乐有痛,也会多少伴随着共同成长以及相互支撑。随着彼此梦想与追求的逐日壮大,我们虽然时常联系,但会面的次数却逐渐递减。

这件事过去了挺久,那些不开心的过往基本上已经被埋上了厚厚的几层尘土。

直到今天下午,苏小姐给我打电话,语气兴奋到像是要原地爆炸似的。

她说:"姑娘,我又恋爱了!都快两个月了!"

"咱俩上周还在两只蘑菇一起喝咖啡呢吧,当时怎么没听你说啊?你这又是唱哪出?"看她天天耍大刀,我紧绷的小神经确实一时间接受不了。

"因为突破了四十五天大关了啊!本来想焐热了再说的,这不,刚过一天,我就实在忍不住了赶紧分享给你!他是我中学同学,高中那会儿还死皮赖脸地追求我来着。我们也是才联系上没多久,他准备去奥地利学音乐,叙了叙旧直接出手了!安全感满满的!知根知底,直觉上应该是个不错的开始!"

"哪个小伙儿这么幸运,怎么就一眼被你盯上了呢?"我逮着机会揶揄她。

没想到苏小姐非但没生气,反而兴致勃勃张口就来:"性格好,人简单,坦诚,信任度高,不费劲,没什么甜言蜜语,但看得到未来……"就好像提早准备好了似的,这些美好的形容词从她口中连滚带爬地弹了出来。

"那你现在还准备实现'同时有三个男人'的愿望吗?"我故作一派正经地将这句话丢过去。

"当然想要了!"

"啊?"

"但我真心希望,这三个角色都由他一个人扮演!"话锋一转,苏小姐开心微笑,献上了一个更加郑重其事的答案。

9

一个周五傍晚,我们相约在了民族大道尽头的英式下午茶馆。那是靠窗的座位,价格高昂,风景雅致,稍稍抬头,伏尔塔瓦河的轮廓便悄悄漫入双眼。制服齐整的侍应弯腰致敬,紧接着将装点精致的英式茶点餐盘一一呈上。

苏小姐端起绘有蔷薇花的骨瓷茶杯小抿一口,随即歪着脑袋冲我微微一笑:"看见了吗?是爱的代价还是痛的代价?错综复杂得我也说不太清。总之,还算幸运,全当是火凤凰涅槃,换来了今天的小成就。"说着便探过手来,将我面前的茶杯重新斟满。

天光渐散,冷河两岸华灯初上。四周餐具碰撞出的声响如同进击的潮水一般骤然来袭,小步舞曲的轻快旋律在大厅中央悠悠响起。苏小姐不声不响地扭头望向窗外,有那么一瞬间,我觉察到她竟然泪眼迷离。

时间风雨兼程地向前跑,记忆七零八落地越留越少。

我搅着杯中的红茶,不自觉地又回想起那个相顾无言、痛哭流涕的傍晚,回想起那间快餐店简陋而刺眼的白色冷光,回想起那两大份掺了爱情悲苦的儿童套餐,以及邻座那面脂粉片片剥落而下的破碎脸庞……

10

我们一边受伤,一边行走;一边扇自己耳光,一边就地自省,有时候觉得自己像个哲学家,有时候觉得自己更像满嘴胡言乱语的神经病,而更多时候,觉得这世界疯狂无情却不乏美丽。

苏小姐的情事算是暂时稳定下来了,我乐意感同身受,甘心拍手叫好。

那天晚上我喝高了,站在查理桥的第八座圣人像下方,一手握着热红酒,一手用力拍着她的肩膀,气壮山河般原地转着圈地大嚷大叫。我说:"姑娘啊,时光催老容颜,催不老这两颗怦怦乱跳的雄心啊!让我们大步走上道,无所畏惧,披荆斩棘,所向披靡!"

苏小姐一把搂过我的肩,伸出胳膊对着满目夜色一番肆意挥舞:"来啊布拉格,那就请你实现我一个美梦!"

其实我没告诉她,就在不久之前的一天,我也刚好遇到了一个这样的男人,远在天边,近在心里,虽然遥不可及,但仿佛紧闭眼睛就能看见。

我努力读懂大道理,控制好小情绪,不动声色地给他最深沉的爱;而他,不用我多说,天涯海角,如若有心,总能回应。

是谁说爱情百转千回绕指成伤?

唯愿心安,仅此而已。

故事配小曲儿

Wild world (王若琳)

Now that I've lost everything to you
You say you want to start something new
And it's breaking my heart you're leaving
Baby I'm grieving
But if you wanna leave take good care
I hope you have a lot of nice things to wear
But then a lot of nice things turn bad out there
Oh baby baby it's a wild world
It's hard to get by just upon a smile
Oh baby baby it's a wild world
I'll always remember you like a child girl
You know I've seen a lot of what the world can do
And it's breaking my heart in two
'Cause I never want to see you sad girl
Don't be a bad girl
But if you want to leave take good care
I hope you make a lot of nice friends out there

Just remember there's a lot of bad and beware
Oh baby baby it's a wild world
It's hard to get by just upon a smile
Oh baby baby it's a wild world
I'll always remember you like a child girl
Baby I love you but if wanna leave take good care
I hope you make a lot of nice friends out there
Just remember there's a lot of bad and beware
Oh baby baby it's a wild world
It's hard to get by just upon a smile
Oh baby baby it's a wild world
I'll always remember you like a child girl

第三章

谁的青春不曾逆流而上

因为这是爱情，顾虑太多，思前想后，不如敞开怀抱冲上前去给未知一个拥抱。支离破碎就会将我们打败吗？至少在你的宠爱中，我的手掌也曾触摸过大海和宇宙。

你的手掌，曾是我的温暖宇宙

1

在布拉格华人圈的所有良朋损友中，和我走得最近的是一位北京大妞，她单名一个"瑶"，姓"宋"。

我是打心眼儿里喜欢她，不带半点儿含糊。这种喜欢出于本能，因为我们俩是一路货，面儿上都有点儿文化，骨子里又艳又俗。

宋瑶惯以搔首弄姿为美德，说是不仅让自己看起来风情万种，附带着还可以娱乐大众。因此朋友们都叫她"老妖"，妖里妖气的妖，妖风阵阵的妖。她对此倒是无所谓，说："行啊行啊，既然大家各自寻欢，你们觉得开心就好，我才不在乎呢！"

2

横穿布拉格市中心，有条大名鼎鼎的伏尔塔瓦河。离查理大桥五百米左右有家咖啡馆，名叫"两个寡妇"，白天卖咖啡，晚上改头换面开酒吧。

2013年整个秋冬，我和老妖妥妥地承包了靠近河面的那张长方形小木桌。

白天咖啡甜点，晚上喝点儿红酒。老妖说这店名起得可真动听啊，既骚气又文艺，就适合像咱俩这样的单身狗。我顶着满脸惆怅随声附和，老板娘把咖啡端过来，还送了一份奶酪蛋糕。

我俩能在早上十点分秒不差地准时入座，经常从白天磨磨唧唧坐到晚上七点多，读书聊天添茶倒水，说尽了自己想要的，幻想遍了子虚乌有的事情。在我们的眼中，未来就好像是马桶上的冲水按钮，随你怎么霍霍，无须踮脚、无须拼命伸胳膊，哗啦啦，纵使再多的烦恼忧愁，以及所谓的"未来"，都离开得无影无踪。

老妖喜欢相声，就和我喜欢她的程度差不多。我在临考前一个月埋头赶赶报告、背背书什么的，兴致高昂的时候还能溜上段儿对口相声。要实在没话说了，就大眼瞪小眼地朝着冰冷的河面望，然后老妖突然转过身，幽幽地来上一句："你看，其实河面上什么也没有。"

老妖从来不穿羽绒服，裹着件修身款羊绒外套就能撑过一个冬天。我问她这是何苦啊，她想都不想张口就道："张叉叉说我穿羽绒服不好看，从上到下自成一桶，圆得像企鹅。"说完像猛地意识到什么似的，停顿好几秒，接着深深地连叹几口气。

倘若夜间没什么安排，我俩就留在桌前再接再厉地喝点小酒。在老妖的带领下，我也渐渐开始热衷于这种半醉半醒的休闲方式。

营造朦胧，自我催眠，只为了那些顺心的或不顺心的事情，抱成团儿来滚得越远越好。

如遇大节小假，也会多叫来几个臭味相投的狐朋狗友，大家啤酒、红酒轮着喝，扎堆摇骰子、玩石头剪刀布。每次游戏刚刚过半，老妖便借口退场，搬张椅子坐在角落里抱着瓶草莓味儿的伏特加自斟自饮。

锤子哥赢了，她朝这边拱拱手，大灌一口以示庆贺；老泡输了，她耷拉着脑袋再灌一杯分担悲壮……后来无论谁赢谁输她都会跟着喝，到最后醉得不行了干脆脱下外套捂住嘴，跟跟跄跄地直奔厕所。

我一般都会在后面跟着，所以每次都能看到她一口气吐完后满眼泪花的模样。我上前去扶她，她却玩儿命地打掉我的手，一面呜里哇啦地叫嚣着，一面张口闭口的张叉叉，远远地望过去，和那种湿乎乎的八爪鱼很像。

任凭时光以这种不务正业的方式策马而过，我俩多少都有些后悔，可这种短暂的沉沦也不是全然没有理由。

那段日子，老妖刚刚失恋没多久，正值垂死挣扎的冲刺阶段，不仅是因为余爱未尽，也因为她扔不掉那颗庞大而精致的自尊心，只好和前任比着赛地斗精神。痴男怨女，谁都不愿意先一步低头认输。

大家混同一个圈子，巴掌大的地儿，你过得好不好我还能不知道吗？就算是道听途说，多少也是能了解到一些的。

我说："老妖你别装了，强忍这么久也该心力交瘁了吧？你看，不过是好好哭一场的事儿，何必醉生梦死呢？过去的就让它闪到轮回里去，可别拿美好未来做伤心旧事的防火墙啊！"

她看着我，无比壮烈地抿了抿嘴角，说："我不爱逞强，可这次铁了心要充回胖子，打肿脸怎样？打掉牙又怎样？那也要在所不惜地充！"

她恶狠狠地说着，牙齿咬得咯咯响。我在心里替她喊疼，何必装出无坚不摧的样子，就算捣毁他的老窝又能怎样？就算你一气之下炸掉地球，也掩盖不掉依然爱他的事实，不是吗？

3

其实在分开之前长达两年的时间里，老妖和前任都是深爱着对方的。

他俩是异地，老妖在维也纳读声乐，前任被公司外派来布拉格工作。两人在公司年会上认识，老妖当时是被好友硬拖去的。

他们算是一见钟情，按老妖的话来说，两人就好像是自开天辟地以来苦苦找寻，踩着上帝部署好的脚印，好不容易接上头，就理应天造地设地在一起似的。

那是在一次聚会上。我们听得挺迷糊，锤子哥杵在一旁悉心翻译。说白了，就是火星撞地球，我爱你你爱我，爱得天崩地裂，爱得刹不住车。

我们摔着锅碗瓢盆一阵欢呼，老妖被那阵势搞得又羞又激动，一个劲儿地往前任怀里躲。大伙儿逼着前任来段海誓山盟什么的煽煽情，他也不推辞，想了一下转手将酒杯添满，举过了胸。

他说："宋瑶，我心甘情愿做你的灯塔，做你的避风港。我有的不多，但我愿意把一切都给你。我愿意毫无保留地爱你，就像这些锅碗瓢盆，就算被大家伙儿摔得遍体鳞伤，也不渴望任何补偿……"

大家抄起酒杯一阵乱撞，笑他的誓言过于老套，毫无新意，跟二十世纪八十年代初的旧情书似的。老妖却不这么认为，她站在原地，还没听完就哭了起来，说："锅碗瓢盆吗？那才是真生活，在我看来，比什么鲜花美酒靠谱多了！我太幸福了，终于找到了属于自己的胸膛。偌大的花花世界，以后你在哪儿，哪儿就是我的家！"

一席话落定，她跟发毒誓似的，端过前任手上的那杯酒，咕咚咕咚就灌了下去。

随着老妖这番气势磅礴的话，拍桌子摔椅子的声音哗然响起。他俩开始模仿着婚礼后续挨个儿敬酒，转了一轮又一轮，全然分不清是真情流露还是过家家。

4

那句"你在哪儿，哪儿就是我的家"倒没吐得在座的各位好友亲朋肝肠寸断，反而是一针刺醒了老妖自己。因为爱情，夏天还没过完她便决定搬到布拉格安家。

她从河边跳蚤市场花了二十欧元买来一只二手大皮箱,将所有必要的物品收拾进去,头顶着满脑袋一意孤行的粉色混乱,连夜乘大巴从维也纳杀来了布拉格,单枪匹马。

张叉叉去车站接她,在树枝的阴影里吻了她的鼻尖。他说:"亲爱的,你还真是一匹无所畏惧的小野兽,横冲直撞的。还好我的草原足够宽阔,欢迎来我家安身!"

后来老妖跟我说,她当时看着他的嘴唇,听着他的情话,心里瑟瑟发怵。她跟他说自己一切料理妥当,其实是欺骗了对方。从决定和张叉叉共享未来的那天起,她就亲手切断了在维也纳打拼起来的一切——朋友圈、住房,还有好不容易稳定下来的生活与学业。她也不知道当时头脑是怎么燃烧起来的,就是觉得这世界上如果没有他,自己也不可能健健康康地活了。

她不怪自己目光短浅,也不怪那来势汹汹的荷尔蒙。青春颓败在即,岁月却还那么长,为什么不赌上一把呢?就算只赢得一天的好光景也行啊!

好啊,管他梅花黑桃红心K,那就千里走单骑,赌一把!

老妖前脚落定,后脚就被带进了我们的圈子。其实张叉叉跟我们一般大,可大家都愿意叫老妖"表嫂"。她说:"谢谢谢谢,这称呼听起来既温情又有点儿小骚,配我刚刚好。"

国外生活用七个字形容,就是——好山好水好无聊,所以大家空闲的时候就约在一块儿聚个餐、唱个歌、喝点儿小酒、凑个牌局。老妖自然踊跃参加,每次都是玩得最嗨的那个。她不仅自己嗨,还能把整个场子带得火热。

后来她才跟我讲，毕竟是半路杀出来的"表嫂"，得尽快融入大家才行啊！融入了大家的圈子就相当于融入了张叉叉的生活，他也会为此更爱自己吧。

张叉叉也是北京人，虽说同城人之间的恋爱会顺畅很多，可门不当户不对才是这段恋情的死穴。老妖家境普通，顶多是不愁吃不愁穿也有点儿小钱花的中产阶级，前二十年父母垫资投入，后几十年得走世间最平凡的那条路，顺利毕业，拼命工作，兴许会跳槽升职，但全得靠自己打拼。

可张叉叉不一样，他是家境优越、背景雄厚的公子哥儿。人倒是很善良，可举手投足之间的金光闪闪总能将他人推向逼仄。他不需要拼这拼那靠双腿走出一条羊肠小径，他的未来是出生之前就已经被安排好的。

他从小饭来张口，衣来伸手，十指不沾阳春水，出门都不靠走的。可在老妖面前，他刷碗做饭通马桶，一样都没落下过。

有段时间老妖减肥，硬要玩什么辟谷，说是大明星们都那样做。张叉叉说："健康最重要，再说你挺美的。"可老妖执意不听，非说瘦弱的姑娘更招男人心疼。张叉叉只好任由她去，心想就算走到穷途末路，还有自己的保护。

老妖辟谷辟了一周多，饿到满地打滚儿，也只喝杯蜂蜜水、垫根黄瓜。有天晚上凌晨两点多，老妖突然说要吃肯德基全家桶，不吃估计就得口吐白沫撑不到天亮了。张叉叉犹豫了一下，可看老妖推搡着说："这是关键时刻爱的见证，你是不是不爱我了？"他穿上衣服就往门外冲。楼下两百米就有一家肯德基，他说："你先吃一个苹果啊，我马上就回来了。"

不料事情远远超出预想。老妖吃了三个苹果，张叉叉还没有回来。她打他手机，才发现除了钱包他什么都没带，只好坐在沙发上心急火燎地等等等……

张叉叉到家的时候，已经是凌晨四点半了。老妖睡了一觉，好像还做了半场梦。张叉叉站在门口，全身上下湿漉漉，跟风雨夜归人似的。老妖赶紧拿浴巾给他，说："你买肯德基买到外太空去了吗？"

他坐在地毯上呼呼喘着气，说："出门前忘了上网查，只有瓦茨拉夫广场那家肯德基24小时营业，我是一站一站摸过去的。车不是在维修吗？夜班巴士间隔时间忒长，走到一半还下雨了！算了，我继续睡了，明天还上班。你快吃吧，吃吧……"

难道你们还看不出来吗？如果非要将爱与付出联系在一起，这么看来，张叉叉对老妖的爱也已经算是深入骨髓，超出极限了。

老妖觉得幸福，是那种难以言表，却足以令体液从眼眶里喷射而出的幸福。那种感觉大概是就算自己站在原地什么都不做，张叉叉也还会一如既往地以爱相待吧。

可这幸福却偏偏是建立在颤颤巍巍的空乏之上，其实她心里最清楚，生活并非童话，王子和灰姑娘是不会单凭爱情走到沧海桑田、海角天涯的。其实她打一开始就看不到两人的未来，也无法估计这段关系的长短。她说自己就像是一个在河边行走的甜蜜蜜的瞎子，深知总有掉下水的那一刻，因此步步谨慎，分秒珍惜，一步一算计，却注定与快乐背道而驰。

我试图安慰她，爱情不就是这样吗？前能着村后能着店，又没点儿回肠百转什么的，还能算得上爱情吗？

她不反驳，也没表示赞同，垂着脑袋，起身到厨房添水去了。

老妖不是那种特别文静的姑娘，相反，她行事风风火火，脾气火暴起来跟炸弹一样。倒是张叉叉教养特别好，平日里安静得跟冻住的湖面似的，好像投再多的石子儿都激不起一个小波浪。

他们不常吵架，倒不是因为生活中没有什么矛盾，只是张叉叉遇事总是出奇的冷静，事后最多安慰几句，一般都是坐在沙发上一声不响。他说他爸就是这样，最后他妈实在受不了，只好离婚了。

老妖问他："咱俩今后不会也重蹈覆辙，落得个曲终人散的悲催下场吧？"

张叉叉憋了半天，最后好不容易憋出一句："不会吧。"

其实那时候老妖就已经料定了结果不会太理想，因为他的语气里充斥着恐惧、怀疑，以及大片大片的举棋不定。老妖心知肚明，他虽然爱她，却没认真考虑过两个人的未来。她想哭，想闹，想摔杯子，但想着想着，也就忍下来了。

最后的那次争吵，倒是史无前例的满城风雨、地动山摇。

下午五点多，张叉叉给老妖打了个电话，说是公司召开紧急会议，就不回家吃饭了。老妖想想一个人吃挺没劲的，喝了罐酸奶，就到布拉格广场逛街去了。

走到一半肚子突然忍不住咕咕乱叫，老妖想了想还是找地儿吃点儿东西吧，就拐道去了民族大道尽头的一家餐厅。那餐厅是张叉叉的御用食堂，法式餐点，鹅肝别提有多正宗了！

因为是饭点儿,老妖没提前预订,就先透过橱窗往里望。没想到目光一扫,很轻易就扫到了一个熟悉到死的身影——张叉叉。不光是张叉叉,他的对面还坐着一个姑娘,距离有点儿远,老妖也就看了个轮廓,漂不漂亮不清楚,只知道两人正碰杯言笑呢。

老妖当场就蒙了,她拿出手机就给张叉叉拨了过去,没响两声,对方挂了。老妖的大脑此刻已经完全被行动牢牢控制住了,她没多想,推门进去,也不理会侍应的询问,连走带跑来到了那张餐桌前。她眼睛睁得很大很圆,一副难以置信的受伤表情。张叉叉当时就愣了,结结巴巴地问着:"你怎么来了?"

老妖认定是公子哥儿犯错在先,整个人气壮山河似的昂首站着。毕竟是公众场合,其实她也怕说错话,强忍着火气,拿起桌上的一杯清水就朝陌生姑娘的头顶浇了下去。

那姑娘还没来得及说什么,张叉叉就已经爆发了。服务生见状,赶紧过来帮着姑娘去清洗,张叉叉连声道歉,一口气将老妖拖出了餐厅。

餐厅后面有一块空荡的水泥地,是专供工作人员透气用的。张叉叉把她拖到那儿之后,二话没说甩给她一个耳光,喊了一嗓子:"你抽什么疯啊?!"

那耳光很轻,根本就不响,可却抽在了老妖的心坎儿上。老妖捂住脸,声嘶力竭地吼着:"我疯?!你凭什么欺骗我?!"

张叉叉冷静下来,拿出一根烟往唇间一堵。过了好一会儿,他才缓缓吐出一句:"我们还是分手吧。我得按家里说的去做,按家里铺的路去走。刚才那姑娘是我爸派来的相亲对象,我根本没人生自由。本来糊弄两句就过去了，可是你看，是你没头没脑把事情搞砸了。咱俩的事我本来是想生米煮成熟饭再跟家里说的，这下可好，我爸估计得吆喝我回国。绕在我身边的姑娘个个都虎视眈眈的，很多事情都是天注定，这种生活根本就不适合你……"

老妖没有哭，她觉得自己已经成了弱势的一方，再扮出可怜的样子就太丢人了。她忍住眼泪，云淡风轻地来了句："为什么就不能是我呢？你不爱我了？"她的脸上没有委屈，声音却一直在发抖。

张叉叉将烟头捻灭，随手扔进了垃圾箱。他说："这无关爱情啊！爱情对我这种人而言是可有可无的，以旧换新，随丢随弃，再正常不过了，你懂吗？"

还没等老妖回答，张叉叉就转身走了。他说他很忙，要忙着谈项目。可老妖知道，他是忙着送陌生姑娘回家。

老妖也没挽留，始终仰着个脖子。她头一次发现，原来重创之下的心是不会感到疼痛的，而是坠落，一种头晕目眩般的坠落。

5

那件事过后，两人之间的交流越来越少。张叉叉知道自己做得有点儿过火，也就不忍心再多说些什么。老妖深知大局已定，那就维持表面的和平，干脆装作一无所知，屋里屋外，该干什么干什么。反正是要走的，早走不如晚走，早哭不如晚哭。两人就这么僵着。

　　僵了一个多月，好好的房子冻成了冰库，最终还是老妖忍不住，率先举手投降："别拖了，听你的，好心分手。"

　　张叉叉想了好一会儿没说话，转身从屋里取出一张银行卡，说："这是心灵创伤补偿费，全球通用，密码是咱俩生日叠加。顺序我忘了，你自己去试试吧。"

　　老妖接过金卡看了一眼，抿着嘴轻轻笑。她将银行卡放回到茶几上，说："咱俩谁都不欠谁，一个愿打一个愿挨，谈何伤害？我的付出可都是心甘情愿的，千金不换。再说我不信我走以后你不会心痛，咱俩也算是势均力敌，彼此彼此了。"

　　说完一席话，老妖回过头来笑自己傻。你们看着这结局不觉得熟悉又讽刺吗？简直和张叉叉爸妈的结局如出一辙啊！

　　不出一周，老妖打包好全部物品搬出了张叉叉的公寓。她要回维也纳，可是行李太多拿不下，就将一只圣罗兰包包随手丢给了我。

　　老妖说："既然已经脱离了公子哥儿，那么这些造声造势造档次的装饰恐怕从今往后就都不需要了。说实话，不适合自己的东西，就算再华丽也是累赘，没有想象中那么好看的。我不适合做表嫂，看来还是适合做回那个含着几滴墨水就敢搔首弄姿、招摇过市的宋老妖！"

　　她还额外送了我一支纪梵希高级定制的唇膏作为礼物，说是生日的时候张叉叉给买的，之前的那支还没用完，这支还没开封，大红色既显高雅又俗得恰到好处，挺适合我的。

6

离开那天是个周一,我去中央火车站送她。她也不说话,就趴在我的肩膀上哭啊哭,一副难以割舍的样子。

这种离别的痛楚我们都曾经历过。她应该在心里问了自己千万次,眼前的这个人,为什么不是你呢?此刻陪伴在你身侧的那个她,凭什么就不是我?

生活冗杂,太多太多的身不由己,更何况是浮生若梦的爱情。你费尽心思修剪出来的小树,最后却让别人摘了果。大浪淘沙,洗出来的不一定就是珍珠,还有劫后余生的石子儿和沙土。

打眼看上去,老妖为这段爱情的牺牲像是自己给自己挖了个大坑,又奋不顾身地纵身一跃,结局是尘土飞扬,伤得无比惨痛。

可我依旧为她的抛头颅、洒热血感到骄傲,为什么呢?

因为这是爱情啊,顾虑太多,思前想后,不如敞开怀抱冲上前去给未知一个拥抱。支离破碎就会将我们打败吗?至少在你的宠爱中,我的手掌也曾触摸过大海和宇宙。

这就够了。

故事配小曲儿

《情歌》(陈珊妮)

我想你依然在我房间
再多疼我一遍就走
我想是情歌唱得太慎重
害你舍不得我
没有缠绵悱恻的场面
没有对白的你爱我
如果灯光再昏暗都无用
你眼泪为谁流
黑夜说思念让人简单
星星说月亮最寂寞
你是我一场好梦
明天一切好说
我想你依然在我房间
赖着我一直不肯走
我想是缘分哪里出差错
情歌才唱着不松口
我想你依然在我房间
再多疼我一遍就走
我想是情歌唱得太慎重

害你舍不得我
没有缠绵悱恻的场面
没有对白的你爱我
如果灯光再昏暗都无用
你眼泪为谁流
黑夜说思念让人简单
星星说月亮最寂寞
你是我一场好梦
明天一切好说
我想你依然在我房间
赖着我一直不肯走
我想是缘分哪里出差错
情歌才唱着不松口
我想是天分不够难掌握
唱不好的你爱我

那场背道而驰的青春逃亡

1

认识黄喳喳那年,我十七岁出头——恰逢一段错过了花季又误闯入雨季的尴尬年华。我所说的尴尬不仅仅是指年岁,还有整体扮相。父母都是光宗耀祖的人民教师,所以我自然而然被高架在了"以身作则"的神圣位置上。

周围的女生多多少少都在享受花一般无知无畏的温柔时光,涂唇彩、染指甲、做头发,我却逆流而上俗到了骨髓里,被严格的校规与古板的父母所逼,留着一头分不出性别的齐耳短发,穿麻袋般宽大无形的校服,头上扎着朵玫红色的蝴蝶结不说,裤腿处还被我妈故意穿上了两条松紧带。

十七岁,对我来说,"尊严"绝不是父母口中的"学习好,成大器"。

"小丫头,那你眼中的尊严是什么?"校长伯伯是我爸的朋友,一次全校大会过后,他挺着啤酒肚站在操场正中央摸着我的头饶有兴趣地等待答复。

"很简单,所谓'尊严'就是长得好看,打扮俏丽,让男生喜欢,让女生羡慕!"

校长呵呵一笑,勉强说了句"好好好,姑娘有自己的见解也好",然后轻瞥我一眼,走了。

那天晚饭后,我父母在客厅的红木交椅上正襟危坐,沉香一燃,龙井一煮,语重心长的谈话就此展开。其实就算不造这势,我也知道他们要说些什么,不过是"好好学习,不要操闲心啊""我们也算是干部家庭,书香门第,不要丢脸啊""学习好了自然有人喜欢啊"之类的。重点说来说去也就是那么五分钟,可我妈苦口婆心,长句短句、名人名言狂扯一通,末了,还要求我自我检讨、复述重点,导致我睡觉的时候已经是大半夜了。

那几年,我在这个世界上最羡慕的人就是黄喳喳。原因相当明了,黄喳喳完全符合我对"尊严"这个词的诠释,特别是在"打扮俏丽""让女生羡慕"这两点上。

2

记忆中大概是一个周四下午,学校例行每星期一次的纪律卫生大检查。作为学生会干部,我戴着红袖章,夹着记录簿,人模人样地绕着操场晃晃悠悠,就在女厕所后面的矮松树下,与女王黄喳喳撞了个正着。她当时正佝偻个身子蹲在深草丛里抽烟,泛着酒红色的过肩长发前后摇摆，白色耳机线沿领口处随意耷拉着。她很久都没注意到身后有人，我只好踩在五米开外的野草上，欣赏风景画似的不后退也不上前。

那是我与黄喳喳第一次单独碰面，复杂的情感很难用一两句话表达清楚——简单来讲，有现实中遇到偶像时的窃喜，也有对"旁人发现上报老师"的恐惧。校园小江湖上流传着这么一句话：黄喳喳不怎么爱说话，不喜欢谁就直接动手往残废里打！

黄喳喳比我大三岁，却和我同级。听说是因为学习太差多次留级，还总是打架，被之前学校开除，又交了一大笔建校费才被我们学校好心收留的。她在同学之中的名声很不好，知情的女生说她是这一片出了名的女混混，小小年纪就被好几个男人轮着番儿地包养。确切的消息我没得到，但好几次放学走到校门口，都看到她一边换下校服，一边往一辆黑色摩托车后座上扒。骑车的男人看上去顶多二十七八岁，光头络腮胡，穿长筒系带靴和黑色带铆钉的皮夹克，典型坏小子的模样，看那身装扮好像是模仿了某个不知名的地下乐队的键盘手。

每到放学的点儿，总会有女生三三两两地扎堆站在路边看，一面指指点点，一面撇着嘴对她不知检点的行为大肆探讨一番。可在我看来，那一束束貌似鄙夷的目光背后，掩藏着深深的羡慕与嫉妒。她们羡慕黄喳喳长得好看、会打扮，也嫉妒黄喳喳举目蹙眉之间的风情万种。

我看上的却是她那股子叛逆，以及无须故作便也清高的姿态，就好像芸芸众生之间，没什么人能轻易被她纳入眼底。

3

  黄喳喳的家庭状况很糟糕——父母离异，她常年和爸爸生活在城市最东头的老房子里。后来我出于好奇，还专门去东边那片区域窥探过一番——一栋青灰色的独立小平房如同繁华中的孤舟一般，被幽暗与贫穷隔绝开来，阴暗的屋角挤满了湿滑的苔藓类植物，大门一面的墙壁上还覆盖了一层厚实而年迈的爬山虎。

  黄喳喳的爸爸是一名电厂普通技术员，每月挣来的工资勉强够糊口。至于她的母亲，由于不堪现实重负，早些年趁着姿色尚存，干脆跟了大自己二十来岁的煤老板一走了之。这里所说的"早些年"，大约是在黄喳喳读三年级的时候。

  临走那天早晨，她妈妈拎着几只硕大的黑色尼龙袋头也不回地钻进一辆带天窗的高档小轿车。她一边猛甩被黄喳喳死拽住的衣角，一边嘟嘟囔囔着："感情这玩意儿最怕什么？最怕无可救药的贫穷，最怕经不住风尘年久失修！"

  当时黄喳喳还太小，听不太懂，只是固执地认为自己和爸爸被无情抛弃，妈妈已然被陌生的叔叔拐走了。她头抵着墙歇斯底里地哭了大半天，最后将全家福上印着妈妈的那三分之一撕去，并顺手丢进了屋后的臭水沟。从那之后她变得越来越沉默，"黄喳喳，不爱说话"这句顺口溜也由此诞生。

  当然，这些都是后话，是在取得黄喳喳的信任之后，她亲口告诉我的。

  虽然大家成长在教育方式一致的环境中，思维方式也大体相同,但黄喳喳显然是被一股股强硬且无迹可寻的流言蜚语分隔开来了。我打心眼儿里为她抱不平,但与实打实的分数相比,这看似零星半点的伤害又有谁会在乎呢?

逢考必第一的萧红被称为"早慧",可一形容黄喳喳,"慧"字就被换成了"熟"。"早慧"与"早熟"这两个词的区别我向来是分不清的,也不愿翻词典,因为原本寓意缭绕的词汇一经专业定义,立马变得僵硬起来了。于是只好凭感知浅浅摸索——早慧是指学习能力超前,早熟是指行为能力超前;早慧是见多识广,考试门门将近满分,早熟是指……是指可以穿吊带衫和破洞牛仔裤,可以放任青涩情感的蠢蠢欲动抑或肆无忌惮地享受爱情的春风雨露。

要说谁的尊严感更重?按照我的标准,前思后想,左右掂量,当然还是黄喳喳!

4

赤裸裸般四目相对的时刻终是没有逃过。我发誓自己没有发出任何响动,是那姑娘率先绕到了我身后。彼时的我,好似一个恰好被逮到了的窥视者——缓缓转过身,就着上蹿下跳的呼吸,毛孔毫无节奏地肆意扩张着。

黄喳喳微扬的唇齿间闪烁着一泯一灭的笑容,看似平常,却意义非凡,似挑衅,又似嘲弄。她伸手扯了扯裹在我胳膊上的红袖章,又将夹着一小截烟头的手故意在我面前晃了晃。我抬头,顺着那两道暗淡的光束向上望,看到她眉眼之间仿佛藏着一片支离破碎的海洋……

稍许的尴尬后,我拔足欲逃,却被黄喳喳一把拽住了。她将烟头扔到地上,又用脚尖踩灭,接着将右手伸进上衣口袋。我没有想象,甚至还未来得及反应,她便重新拉过我的手,用力往里面塞了些什么,过了好几秒钟才叫我摊开手掌——是糖果,几颗剔透如琉璃般的彩色糖果!

"你看,我妈从上海寄来的!外国进口,这里买不到的!"黄喳喳说罢,又拍拍我的肩,"只要你不把我抽烟的事上报教务处,以后你还会收到各种各样的糖果!"她这话像是威胁,又好像是在好言劝说。

我愣在原地,傻傻地瞪着她。这姑娘见我久久不语,干脆剥了一颗翠绿色的小彩球执意往我嘴里送:"这下,你不得不答应了吧!"说完便跳到一旁,咧着嘴咯咯笑了起来。

毫无意外,我在一番短暂的半推半就之后,终是将那捧糖果纳入了衣兜。也就是在那一天,我和不爱说话的黄喳喳顺理成章地变成了好朋友。

众所周知,在十五六岁的光景里,"叛逆"绝对算不上什么美好的形容词,可在我尚未开垦的心灵最深处,离经叛道的飓风竟一遍遍呼啸而过,早已将某种意义上的"真善美"刮得七零八落。因此在相当长的一段时间里,我认黄喳喳做自己青春期的灵魂导师。

"你觉得生命中最重要的是什么?"我一边问她,一边将夹了肉肠的煎饼往嘴里塞。那是刚看完一场王家卫的电影之后。我还窃喜自己竟问出了如此文艺且天马行空的问题。

当时，黄喳喳正坐在塑料桌对面用勺子撇着酸辣粉上的红油，听我这么一问，她仅仅抬起眉毛扫了这边一眼便脱口道："自由加叛逆，叛逆乘以自由！"没有半秒钟停顿，也没有任何思考。年少无知的我顿时感觉眼前这个姑娘特别拉风，如此深远沉重的问题，竟然都没有令她停下搅动辣椒的手。

那段时间我俩明目张胆地混在一起，奋力高举叛逆少女的亮丽大旗，无论是上学放学，还是短短十五分钟的课间操。很多个早晨，黄喳喳都绕远路到我家楼下，提着豆浆和馅饼斜倚在电线杆一旁静候我。我刚刚脱离门洞，便会被她温暖地拥住；偶尔也曾受到过一两个社会小青年的拥护，一路上殷勤地替我们背书包、拎水壶。

每逢我们班上体育课，黄喳喳都会以身体的各种疼痛为借口来后操场找我。那时候，艺体部的钢琴教室为了方便同学们练声，规定终日不得锁门，于是我们便悄悄潜入最里侧的小隔间，将门链反锁，躲在里面看漫画，讲各自暗恋的男孩子，或者用随身听播陈奕迅和张宇的苦情歌。

黄喳喳有一双大红色的匡威牌高帮帆布鞋，听说是她妈妈从上海寄回来的。兴许是过于偏爱的缘故，以至于穿到很脏都未曾见她换下来过。那鞋的高帮上印着一大颗彩绘样式的五角星，我始终对那设计爱不释手。黄喳喳总是开玩笑说："回头让我妈给你寄双小码浅色的。大红色太刺眼，不是你的风格！实在不行，哪天我将这星星剪下来送给你好了！"我哑着红茶味冰棒拼命点头，巴不得成天到晚跟在她后面,觉得那双鞋旧得真好看。

我和黄喳喳的共同点不多——她不羁,我规矩;她叛逆,我压抑。我是正面教育的代表,她叛逆不羁到了骨子里,但我俩能走到像今天这样亲密无间的田地却并不无道理——

因为孤独。没错,我们的共同点便是孤独。我们的世界过于冷清,或许乖张,或许疏离,总之,没有人能够轻易靠近。由此看来,黄喳喳不是不爱说话,只是,没有遇到适合诉说的人而已……

"小米娅,我就你这么一个推心置腹的好朋友,所以你一定要记住:只要你遇到麻烦或受到什么委屈,我必然是第一个冲上去的那个!"她说着便很义气地揽过我乱蓬蓬的头。

像我这样一个处世谨小慎微的人,又怎么可能遇上麻烦和天大的委屈呢?想想便也作罢。

5

未曾想到,数周之后,这预言果然应验了。

我和黄喳喳约好了在三楼的天台碰面,准备将几篇写好的小说拿给她。彼时我刚走上文艺伪青年的道路,激动又迷茫,攥着一小沓稿纸,来来回回翻了好多遍。就着晚自修之前那段晦涩的天光,我独自站在三楼天台上,一边喝着樱桃汽水一边等她。有干燥空洞的雷声从远处滚来,大风起,天昏欲雨。

直到晚自修的铃声响起,我都没有看到女王的影子,只好拿着空易拉罐往教室走，原位坐定，整理书桌，排列书本纸笔。突然，后座两个女生的窃窃私语引起了我的注意——

"那个叫黄喳喳的女孩儿你知道吗？"

"就是反校园、反社会的那个女混混？谁不知道啊！怎么了？"

"她第四节课的时候把高一级的易明打了！挺严重的，听说直接送医院了！"

喳喳……易明……我瞬间打了个激灵，迫不及待地将整个耳朵凑上去。

"主席台不是在重整吗，旁边码了好多砖头，她用砖头拍了易明的头！当时好多人围观，说是血流成河呢！"那女孩儿说罢，拖出一长串啧啧声。

"这么严重，怎么着也得给处分吧，说不定还得开除！哎，她干吗不拍别人拍易明啊？难道有什么过节？"女人的八卦劲儿一上来，挡都挡不住。

"应该是因爱生恨吧！听说易明当时正在花坛角落偷偷和一个女孩儿接吻。撞上自己喜欢的男孩儿和别人在一起，心里肯定不好受吧！"

"对啊，就黄喳喳那性格，心理必然已经扭曲了！"

"扭不扭曲我不关心，只是像她那样劣迹斑斑的人，怎么会喜欢易明？太没有自知之明了。"

……

至此，我的脑中如同狂风吹雪惨白一片，一切声响渐渐向后退去，退去……再之后的话，我已经完全听不到了……

恍惚之间，我仿佛整个人跌入了深渊，被困在阴冷石缝之间，被困在悄无声息的虚无里。

6

那天以后，我再也没有见过黄喳喳。我曾背着父母去了往返很多次的城东头的老房子，可从来都是门窗紧闭。我问校长伯伯："黄喳喳到哪里去了？"

"开除了！她爱去哪里去哪里！你可千万别像她那样！那是教育的败笔！你一定要争气，要专心学习！"

我整夜整夜地失眠，头痛欲裂，无奈，只好坐在二十三层的窗台上听着陈奕迅的歌，一遍遍细数这座城市的脉络，直到回忆淌出血来。易明，是我们之间的秘密。而我，才是这场闹剧的罪魁祸首。喳喳，她宁愿背负这无中生有的罪名也尽力保全我那浅薄而浑蛋的自尊心。

学期末的时候，我收到了黄喳喳的包裹，是之前那位骑摩托车、留着光头络腮胡的男人送来的。他什么都没有说，只冲我眨了眨眼睛，甚至还没等我开口询问，便风一样地转身离开了。

我小心翼翼地打开纸盒，首先拆开那蓝绿色的简易信封，双手不自觉地颤抖着——

哈哈哈，已经猜到我是谁了吧？原谅我的不辞而别。

因为打破了易明的脑袋，所以我直到这一刻都不知道该怎样面对你。世界上只有我知道你喜欢他吧？很荣幸能够成为你爱情的保密者。

而我所有的愤愤不平，也正是来源于此。我永远忘不掉你看到他们在一起时受伤的眼神。就像我说的，只要你受到一丁点儿委屈，我都会用自己的方式帮助你。

当然，我现在才后悔自己当时的行事过于冲动，对于你们俩都怀有深深的歉意。

我经常想你，特别是在入睡之前和黎明时分，偶尔也会彻夜失眠至天光熹微。想念我们第一次碰面时的样子，想念你湖泊一般闪闪发亮的眼神，想念音乐教室角落里的谈天说地。只有你见过我真正的样子，我的灵魂并不肮脏，对吗？我只是太孤独了，越是孤独，就越是极力掩饰自己柔软的心，以至于看上去飞扬跋扈又桀骜不驯。

相遇太早，未来还太长。遗憾的是，我可能再也遇不到像你这样平凡又特别的女孩子了⋯⋯

后操场围墙角上的那片蔷薇又开花了吗？我已经在上海了，决定以后都和妈妈一起生活。你的人生已经按部就班地规划好了，可我不得不重新选择。

对了，之前你不是想要一双帆布鞋吗？我挑了小码深蓝色的给你。深蓝才是属于你的颜色，自律、冷静却忧郁⋯⋯

喳喳

7

我拆开厚厚的两层牛皮纸，捧住那两只崭新的鞋子。高帮上的两颗星星闪着光芒，如同这岁月，耀眼、放肆而悠长。

我合上手中的笔记本，看着街角的孤灯。喳喳，就在此刻，在梦一般的伏尔塔瓦河畔，我提笔的瞬间又想起你来。

怪就怪往事不堪，流年虚幻。拨开历史的红尘，一幕幕似曾相识的过往再次上演，生命的段落就是这样——看似一击即碎，其实坚硬到能够穿越时光的界限！

故事配小曲儿

《离别曲》（陈珊妮）

最美的时光　听摇滚乐
你的脸紧紧贴着我心脏
不慌不忙　青春的低频将延续播放
越叛逆　越显感伤
你送了花　粉红的花
我的笑声无邪得不像话
再坏的伤　不过就是七月底的阳光灿烂
夏天偷偷刺了一道吻痕在肩膀
那么多爱　那么多幸福　那样的感觉
变成一般　流行的歌
最美的时光　跳舞音乐
震动爱人不安分的心脏
清秀长发　年轻越摇摆越无限延长
不思议　如此闪亮
我卸了妆　粉红的妆
曾经是害羞情侣的模样
再坏的伤　不过就是你和我最好的照片

时间偏偏故意弄脏你我的脸庞
那么多爱　那么多幸福　那样的感觉
变成一般　轻浮哼唱
肖邦最恨　流行的歌

漂洋过海来爱你

1

安东,我爱痛交织的生命之光。

安东,我情感与理智的深渊或旋涡。

安东,我失败恋情的严峻丰碑。

安东,我漫漫人生道路上的性感沟壑。

2

与安东相遇,是在一次婚宴的后续舞会上。新娘是一位和我八竿子打不着的上海姑娘,却与闺密同窗四年。新郎在科技大学做物理系博士后,是个有着一半捷克血统的日耳曼人。我与他们之前一次都没见过,仅仅在婚礼入场的时候送上了几句蜻蜓点水的祝福。

说来也算是天降的巧合，那天我是被闺密硬拉去的。她提前两个晚上就试图以惊天地泣鬼神的阵势劝服我，唇齿翻动，眉飞色舞，将婚礼现场描述得跟红馆开唱似的，说婚宴上那些声色犬马的单身小帅哥都不算什么，重头戏是全程希尔顿级别的免费自助。

听到后半句，我二话没说即刻答应出席。怀揣着对国际范儿大餐的满满崇敬，分秒未差，我身穿一袭黑色礼服如约到场了。

那是个云淡风轻的星期六，新人达成协议，租下了布拉格城堡南边的一间教堂。客人都是亲朋好友，乌泱泱地来了一波又一波。男宾西装革履、礼帽手杖齐全，女宾妆容精致、衣着雍容。

闺密做伴娘，像张罗自己的婚礼一样里里外外忙得不亦乐乎，恨不得操起刀叉餐盘跟着乐队敲锣打鼓。我在门口轻喊她的名字，她慌慌张张地回应着，象征性地打个招呼就又风一般地刮回到新娘身边去了。

我只好独自一人傻乎乎地退回到被红毛黄毛填满的人群里，顶着个无比好奇的大脑袋聆听着波希米亚风情的海誓山盟，左顾右盼，直至仪式结束。

后续舞会是一场嗨到翻天的全场式大互动，所有宾客仿佛都已静候良久。音乐一响，舞池中央下饺子似的瞬间爆满，红男绿女腰肢攒动。

当时我正坐在舞池后方的长条形吧台边晃着脚，轻摇一只高脚杯，刚抬手向服务生要了杯Mojito（莫吉托），一位陌生的亚洲男人就从不远处逐步靠拢。他在我右侧的高脚椅上坐下，盯着我的脸看了很久，眼神迷离了好一阵儿才讪讪地开口："小姐，不好意思打扰了,你的睫毛是不是出了什么问题……好像不见了。"

他的中文不怎么流畅,讲起话来舌头像是被五花大绑过似的。这句话令原本为之动容的我狠狠地怔住,内心的羞耻感以迅雷不及掩耳之势燃起了熊熊烈火。看我迟迟没反应,他又小心翼翼地补上一句:"是右边的那只……那只没有了。"

我来不及尖叫,也来不及表现出任何害羞,就捂住脑袋冲进了地下一层的盥洗室,隐隐约约间,被咯咯咯讨喜的欢快笑声追打了一路。

回来的时候,两片光秃秃的单眼皮耷拉着不说,自尊也像是被掠夺过似的狼藉满目。

不幸之余,我却意外得到了一杯淡蓝色的鸡尾酒。那男人冲这边举了举酒杯,眉目含笑。

他说:"小姐,你可真是个有趣的人。允许的话,我想要请你跳下一支舞。"

这个男人就是安东,我的布拉格情人,我爱情命运的转折,我曾经的原野,陨落在我生命中唯一的星火。

那段残败爱情的开场很显然和存积了二十多年的幻想截然不同。我原本以为,最起码也会是灰姑娘遇见多金王子之类艳俗而耀眼的桥段,虽然老套却也隆重浪漫。

因此多多少少有些后悔。

要知道,落下一只水晶鞋总比脱落一片假睫毛光彩得多,在他人出丑后及时做出安慰总比自己原形毕露于大庭广众之下好得多。

可安东后来一而再再而三地试图抚平我回忆的创口,那笑容温情明媚,却也带着恶作剧般的狡黠。他说:"我亲爱的小蝴蝶,你看,我们的开端虽然有些突兀,却又是多么出其不意,多么剑走偏锋,多么与众不同!"

我说:"走开走开,我需要静静,让我拿下故作优雅端庄的人皮面具好好儿去墙角待着。"

3

安东是捷克籍华裔,守着颗波希米亚之心风雨飘摇三十年。他的外表不怎么华丽,却拥有胖虎的身形和大雄的内心,还有孙悟空七十二变的怪本领。当然,这也是我与他顺利达成国际主义情谊之后才领教到的。

而在那之前,我认定了他是一位正直而知性的好好先生,海纳百川,表里如一,从脚趾到发尖都充满着试图拯救全世界的善意。

于是,就在确定恋爱关系的第三个星期,我拖着五个炸弹似的红色行李箱毅然决然地搬进了他的公寓。

他阔手摆了一顿以比萨为主料的烛光晚餐庆祝我乔迁新居。他说:"小蝴蝶,你看,以后这里就从单身公寓变成我们的爱情蜗居了,开心吗?"

我重重地点头,抿了一小口玻璃杯中琥珀色的威士忌,刚要张口回答,却被酒气呛到了十万八千里。

那是一栋与老式房屋截然不同的全新型建筑,红顶白墙,装潢简约而独立。安东租下了顶层一整间区域宽阔的阁楼,加上厨房和厕所足足有一百多平方米。

安东说这房子真是好啊,闲来无事观察斗转星移的同时,还能有幸吸上几口从原野穿堂而来的新鲜空气。

我说这房子可真是好啊,节奏舒缓不说,生活陷入逼仄的时候还能带两个肤色各异的小妞儿来数数星星。

安东皱起眉头咯咯地笑,没说话,随后沿着我的唇齿用力吻了下去。

房间的基调是纯白色,有着教堂般的庄严与纯净。客厅正中摆着一张纹理细腻的原木小茶几,我们经常守着一壶新鲜的薄荷红茶从天光泯灭直至霓虹殆尽,其间嬉笑怒骂,以此增进感情。

安东是电力系统工程师,在一家中捷合资企业里摸爬滚打五年多,烈火真金,终于晋升为项目部经理。当然,我还是喜欢叫他专业挖沟员,因为他经常开着辆与身份毫不相符的拉风款宝蓝色兰博基尼去郊外勘探,风里来雨里去。

安东开车的时候喜欢讲笑话,情至深处便开始手舞足蹈,吓得副驾上的助理和后座上的上司跟着"手舞足蹈"、惊魂不定。他们说:"停下安东!快停下!"他却不听,一脚油门踩到底,还笑嘻嘻地扭头回应:"专业驾驶十四年,别担心,别担心,享受工作嘛,就是要将奔放热烈进行到细节里。"

4

这位在姑娘甲、乙、丙、丁眼中很是落魄的花花公子,其实是个名副其实的富家子弟。可由于教育方式迥异,十七岁刚过,他就和极度专制的亲情脱离了从属关系。安东的爸爸是一位财大气粗的老华裔,为他准备的十八岁成人礼物是道选择题——要自由,还是兰博基尼?

很显然,安东毫无疑问地选择了后者,本以为能够以此换来家庭和睦、天下太平,没想到却气得老安捶胸顿足,差点儿没一头栽进尘埃里。他说:"我以为长江后浪推前浪,自己能够心满意足地被拍倒在安乐的银色沙滩上。谁料到你这么没有志气!兰博基尼,你的未来也就值一辆兰博基尼!"

安东呵呵一笑,说:"我的生活我选择,老头儿你先别急着生气。兰博基尼是为了壮壮士气,谁说本公子未来就一定会陷在利欲熏心的烂泥潭里?"

老安在病床上静养了一个月,最后老泪纵横地挥挥衣袖,说:"走吧走吧,除了兰博基尼我多余一分钱都不会给你。"

于是,安东开着一辆兰博基尼,载着几箱像模像样的高档西服净身出户。托发小的关系,他在这家中捷合资的大中型企业里昏天黑地从底层做起。朋友临走时送给他一句至理名言——好好做人,天天向上,摒弃金光闪闪的虚荣心!

安东说:"好啊好啊,什么都能摒弃,除了我的兰博基尼。"

5

安东会制作五花八门的美味甜品，可我们的主餐永远都是比萨。半年吃下来，我的脸都已经肿成了比萨。我常常抱怨："安东安东，原来你的心灵和你的味蕾一样沾满了虚荣，可真是徒有其表的典型！"

他总是勾起嘴角呵呵一笑，说："没错啊，我就是披着奶酪蛋糕、开着兰博基尼的大灰狼！这身装扮看起来不是更加吸引人吗？"说完又狠狠地吻上了我的嘴角。

每当晚餐结束的时候，安东都会习惯性地一手托腮一手转动红酒杯，摆出一副很是享受的样子。而这个时候，我便会盯着他的睫毛看。他的睫毛可真好看啊，浓密而微微上翘，而且是性感的深栗色，怪不得有那么多姑娘爱上他。

有时候他会猛地望向我，然后微微一笑，嘟起嘴唇，随之飘来一个甜香而热烈的吻。而更多的时候，他故意不去理会我。这时候，我只好识趣地低下脑袋，伸手去转动左手无名指上的指环。那枚指环还是在我们初识不久的一个黄昏他送给我的，是来自威尼斯的情人节礼物，当时施华洛世奇最新款，玫瑰金的环上镶着18颗完美无缺的小钻，在节能灯管的照射下闪闪发光。

而我们之间的爱情，也像极了这款昂贵的玻璃，看上去坚不可摧、华丽无比，集万千宠爱于一身，实际上则徒有其表……

当然，这是遥远的后话。

安东谈过很多场恋爱，大的小的，跨国跨省跨地球的。我说：

"你怎么就不试着穿越宇宙寻找真情呢？真爱指不定就停留在1987。"他说："你是指阿凡达吗？怪我怪我，我的审美跟不上步伐啊！"

你们知道安东最大的本事是什么吗？就是背信弃义无数次，却没有一个姑娘记恨他，非但不结怨结仇留祸根，每当大节小日或是开启一段新的恋情，前任们多多少少还会发来几封酸不溜秋的贺电。

我说："安东啊安东，你还真是江山美人，英雄本色啊！"

他咧开嘴对我笑，将刚烤好的舒芙蕾端上桌，又抬手拨开我眼角的碎发，说："知道《小王子》吗？哥哥就是享誉宇宙、万里挑一的小王子啊！姑娘们对我的期望不多，稍微伸伸手指头就能令她们十里春风、心神荡漾。因为我的付出珍贵却又吝啬，不信你问问自己的心，还不是一样吗？"

我别过头，说："你弄错了，其实我不爱你，我爱的是坐在兰博基尼副驾上从布拉格中心广场一笑而过时别人羡慕嫉妒的眼光和那份飘飘欲仙的虚荣心！"

他低头吻了吻我的嘴唇，说："你的眼睛会说话哟，像星星一样眨又眨，就别再自欺欺人了！"

我当时正对着镜子补妆，不想手一抖，口红正好磕在了门牙上。

安东掩着嘴巴，笑出了声，说："你看你，小小年纪虚荣心一浪拍着一浪，激流暗涌的。小骗子，还故意装出一本正经的模样，这样多不好啊！"

我拍着桌子玩儿命辩解:"虚荣心人皆有之,我这是认清自我需求好吗?"他猛地搂住我的腰,全然不顾我的挣扎,说:"没关系,这一切都没关系,重要的是,我就喜欢这样善良又刻薄的你!"

终于,我恍然大悟,原来自己始终是这段感情中弱势的一方,表面装出一副铜墙铁壁、所向披靡的样子,拼尽全力去反驳对他的爱,暗地里却恨不得千手观音似的套牢他。我知道,这一切所作所为不过是想令自己在他看来与众不同,没那么廉价罢了……

安东很顽皮,顽皮到会将其他女孩儿带回家,然后在我叩门的一刻将她藏进衣柜里。

最初我视而不见,可三番五次下来,诸如此类的捉迷藏玩腻了,我的自尊心终于败下阵来,忍不住一次性爆发。

我找闺密排忧解难,她手握咖啡,全程离我八丈远,摆出一副对恶势力嗤之以鼻的样子。她说:"你看他成天到晚风流倜傥的,再这么厮混下去你保证没得到善始也得不到善终!远离他!快快远离他!像远离毒品那样远离他!"

我大摆双手喊道:"不要啊不要啊!安东不是那样的人,你一定是吃不到葡萄说葡萄酸吧!"

三番五次的你推我搡后,终于,我和闺密闹得人仰马翻了。而我们之间的一切私密往事,也随之宣告破灭。

爱情中弱势的一方总喜欢拼命给给给,强势的一方总习惯不断拿拿拿,结果弱的越来越弱,强的越来越强。我也是在和闺密闹掰以后才明白,好的感情会令你毫无缘由地理直气壮,而坏的感情会让你变得自信消退、患得患失。

没错,我就是逐渐变得患得患失的那一方,就是拼命给给给,给到山穷水尽的那一方。

因为我无法想象这段恋情的终点,并非遗憾,而是害怕。我害怕自己会受伤,于是选择了对原本灵敏的感觉置之不理,选择了自欺欺人。每当我见到他,我都想吻他,想要把他抱紧,就像从此不会再松开那样。可当这段恋情出现一点儿问题时,我又会不顾一切地想要逃离,我告诉自己可以原谅一切,其实只是太怕受伤而已。

没错,我只是太害怕。没错,我想我还是爱他的。

6

欧洲人很流行周末小狂欢以及短途旅行。后者的娱乐项目是采蘑菇,地点最好是在不见天日的大森林。安东有段时间对此特别热衷,他劝我吃了一个半月的比萨大餐,最终用攒下来的钱换取了全套装备以及一顶橙黄色的双人大帐篷。

那帐篷颜色亮得很是刺眼,有点儿像国际救援小分队,又像是盏永不会衰竭的照明灯。我抱怨说大红大绿的俗爆了,他却说这是为了在遭遇意外时方便得到最及时的救援。我说别救援人员没到,却被狗熊、大灰狼们捷足先登了。安东半张着嘴望向我,像是看着一头人面猪脑的大怪兽。他说:"我的上帝啊,动物们很多都是色盲你不知道吗?还真是个少见多怪的无知少女哟!"

我憋红了脸，一个字都讲不出，他却突然上前一步给了我一个大而有力的拥抱。他一手搂住我的腰，一手轻拍我的肩膀，唇齿在我耳边柔软地摩擦。他说："女人太聪明了可往往会自讨苦吃哦，你还别说，我就是喜欢你这种有头无脑的无知少女哟！无论大鬼小怪只要往你身边随便一站，吸引力比磁铁还要强！"

9月13日，我的生日。没有钻石项链，没有私人定制的玫瑰，甚至没有烛光晚餐，安东加班，凌晨才回来。

他送了我一只头挂甜甜圈的毛绒小狐狸和一套西瓜红色的比基尼，以及一瓶粉红色的香槟。他一边开香槟，一边催促我换上那套比基尼："快试试，穿上这套比基尼，你就变成了名副其实的小狐狸，就是那只仅仅住在小王子心里头的小狐狸。"

因为这句话，我有事没事就穿着那套比基尼在家里走来走去。做饭时穿着，喝茶时穿着，就连洗澡都舍不得脱下，我甚至打开了阁楼上方的小天窗，铺条浴巾假装在家里晒起日光浴。

这样的生活持续了一阵子，美好得过于真实，以至于我自以为可以就此停止追寻，兜兜转转，原来眼前便是命运为我量身定制好的爱情归宿。

我们之间的形势也慢慢好转起来，我的患得患失在减轻，安东也有所收敛，他变得安静而温柔，就像是一头被驯服了的野兽。

而我始终扮演着无时无刻温暖全场的角色，他开怀的时候我就跟着他大笑，他失落的时候我就穿上那套西瓜红色比基尼怀抱小狐狸，跳"海带啊海带"驱散他的落寞。我满以为自己会成为这段关系中永不会被踢出局的开心果，却没想到角色投入过于热烈，最终成为他心灵马戏团中的跳梁小丑。

7

那个叫安娜的姑娘找上门来的时候，现实才一巴掌将我从甜蜜铸成的幻觉中扇醒。

当时我正和安东携手做一只酒桶形状的宴会蛋糕，是为我们恋爱一周年的小型派对准备的。那场派对原本定在周末举行，朋友、同事都将到场。

姑娘轻车熟路地在沙发一头坐下，毫不客气地剥开一只躺在茶几上的橘子。那橘子已经安然躺了半个多月，果皮干瘪，汁水也不再丰盛。姑娘兴致勃勃地吃着，太阳色的液体从指缝中淌下来，在她赤豆色的指尖绽出一朵性感而妖娆的花。

我最初没弄清楚状况，还像个训练有素的好太太似的端茶倒水，里外忙活，直到那姑娘轻抹嘴角说出一段话，我才恍然大悟，她是上门来谈判的。

安娜当时特别泪眼迷离地望着安东，嘴巴却枪筒似的对准我。她说自己对于安东的第一印象特别深刻，差点以为自己撞见了落入凡间的王子哥哥。她说："你知道《小王子》吗，上一段恋情中我就是那朵玻璃罩中的玫瑰花啊，说实话，只可远观，不可亲身感受。其实我也挺痛苦的，而且这种痛苦并非谁都能懂……"

王子是真的，落魄人间更是真的。

整个世界好像已经停止运作了，我傻乎乎地站在原地，手足无措，半脸苦楚，半脸面糊。安东开始解释，我就机器似的站在原地听他解释。可那姑娘的目光过于凛冽，刺得他全然无法自圆其说。当然，我的耳朵全程处于真空状态，一个字都没听进去，只看见他的唇齿噼里啪啦，上下飞舞。

橘子皮发出的裂响就像是我顷刻间剥裂开来的大脑，空乏的气泡急剧上升，生命的高潮感和窒息感就快将我压垮了。

我躲进厨房，用力摇晃着脑袋。我需要一个声音将自己摇醒，告诉我这不是真的，这一切都不是真的！不过是插曲，谁的爱情不曾触礁？谁的爱情不曾山重水复疑无路？这不过是上帝对我短暂的惩罚罢了，惩罚我的不切实际，惩罚我剧烈膨胀的虚荣心。

我恐惧，无法剥离的恐惧，但我也突然间明白，也许恐惧和渴望是同一件事情。

后来，那姑娘离开了，安东一言不发地坐在沙发上，桌角残留着橘子的汁水，看上去黏稠而丑陋，像是一块伤疤，永远都抹不去似的。他无力地望着我，没有任何辩解，也没有因为失控的恼怒而在屋内来回走动，他只是无助而安静地望着我，用一种垂死挣扎的病人的眼神。

安东后来对我说，他生命的基调从开启的那天就已经被奠定，没有目标，就是目标，总之，无论做些什么，终究还是得被亲情操控，那就干脆不计后果地玩下去。每个人都在战斗，有人是为了爱情，有人是为了事业，还有人是为了叛逆或者自由。

这结局并非突然来袭，我在关系的起始就已料到这一步了不是吗？

圣诞夜，我在伏尔塔瓦河上游的酒吧喝到不省人事的时候，他竟然出现在我的身旁。尽管那种场面让我非常尴尬，甚至想要逃离这段终将悬崖勒马的关系，但他清晨的一个吻，却还是将我留了下来……

类似的境遇，像是无法挣脱的轮回，一次又一次。

我早就该明白，世界上所有的赞美之词都是为他准备的，而曲终人散这样无力回天的形容，是专门留给自己的。

对安东而言，爱情就像是一场又一场旋转的舞会，只要按时赶入下一场，就永远不会结束，可我的城市却在他不告而别的背影里轰然倒塌，我虚拟的人生也毫无征兆地瞬间灭亡。

可是，谁又会在乎呢？

和安东正式分手那天，是个阴沉沉的星期五。头顶悬着的两片黑云好像无论如何都驱不散似的。闺密乘风破浪地来找我，主题是修复关系，顺带着凑凑热闹，见面礼是两提抽纸以及一瓶价格高昂的Bio石榴汁。

她说："就不遮不掩直说了吧，反正一切都逃不过你的火眼金睛，我是来看好戏的，附带着安慰安慰你，你该不会怪我落井下石吧？"

我说："没事儿没事儿，礼物都带来了又怎么会怪你呢？全世界都爱答不理地错过了这场好戏，原来你才是最忠实的那个观众，追剧都追到幕后来了，我该感谢你。"说完我就拆开纸巾抽出一张往鼻子上抹。

她还真是安慰的话不多说，打开那瓶还没焐热的石榴汁，悠然自得地坐在对面一边自斟自饮一边看我哭，跟观看一场情节曲折离奇的苦情剧似的。

过了好久，我好不容易停止了抽泣，就听到墙上的挂钟嘀嘀嗒嗒催命一样地走着，走得我心烦意乱、脾气暴躁。抽纸用去了大半盒，闺密说剩下的一定要留好，挺有纪念意义，指不定下次失恋还能再用。石榴汁倒是被她喝完了，一滴都没剩。

虽然我没问，但她也觉得挺不好意思，呜里哇啦一大串，好不容易捋直了舌头，说："对不起啊对不起，你在那儿一直哭啊哭，看得我口干舌燥的，没控制住就全喝了。不过咱俩谁跟谁啊，下次我给你补一瓶！"

因为爱情掉进黑洞，我又顶着一张比萨大的脸做回了原来的我，没有兰博基尼，没有粉色香槟，没有小狐狸，也彻底告别了金光闪耀的公子哥儿。

可值得欢呼的是，我和闺密又踏上了重归于好的新旅途。

谁是人生大满贯呢？应该是安东吧。我应该为他感到骄傲吗？毕竟我们曾经转山转水地相爱过。他伸手接过别人千斤重的未来，却将薄如蝉翼的命运交还给了我。

我们对彼此的热衷，就此剧终。

好风好景好回忆，可最终，也没换来一个好结局……

故事配小曲儿

A Flor e o Espinho (Paulinho Moska)

Tire o seu sorriso do caminho
Que eu quero passar com a minha dor
Hoje pra você eu sou espinho
Espinho não machuca a flor
Eu so errei quando juntei minh'alma a sua
O sol não pode viver perto da lua
Tire o seu sorriso do caminho
Que eu quero passar com a minha dor
Hoje pra você eu sou espinho
Espinho não machuca a flor
Eu so errei quando juntei minh'alma a sua
O sol não pode viver perto da lua
E no espelho que eu vejo a minha magoa
E minha dor e os meus olhos rasos d'agua
Eu na seua vida já fui uma flor
Hoje sou espinho em seu amor
Eu so errei quando juntei minh'alma a sua
O sol não pode viver perto da lua
Tire o seu sorriso do caminho
Que eu quero passar com a minha dor ♪
Que eu quero passar com a minha dor

第四章

开往远方，请带上我们的爱情

我独自一人流浪在深夜万籁俱寂的大街上，看着事不关己的落寞霓虹，突然想要放声大哭，这时候，他推开一扇门，走出来，摸摸我的头，又拉起我的手，温柔地说了句，欢迎来我家！

让我陪你颠沛流离

1

刘梦梦结婚了,新郎却不是章终勇。即便如此,大家伙儿依旧欢天喜地帮忙张罗,恨不得为她的大婚告成敲锣打鼓。

2

我只身一人闯荡大欧洲时,清汤寡水的日子里多多少少能闯入那么几个有点儿意思的小人物。只是这世界上存在几面之缘的路人实在数不胜数,比如刘梦梦,她怎么说都称不上我的闺中密友。

一个不为人知的华人网站,却拥有一支人满为患的留学生小队伍,不知是谁起了这样一个名字——疗伤之旅,说起来像是随时随地开启一场说走就走的结伴旅行,可听上去却总显得暧昧又缺乏生机。我在好几个狐朋狗友的强烈推荐之下倾情加入,就在那儿,认识了来自杜塞尔多夫的刘梦梦。

去年十二月初,一个叫"不爱小姐"的姑娘在网站小组里发私信给我,一段留言简洁而客气:"我刚刚失恋了,想要背包游趟欧洲,走到捷克这一站,有没有兴趣一起坐坐?"我查了日程,想都没想便答应下来。

"我有一肚子的话想要倾诉,但顾虑太多,也只好跟陌生人说说。你看这样好不好,你听我讲伤心事,我请你喝啤酒。对了,听说比尔森的啤酒最好喝了!"

喝酒我并不怎么擅长,但凑热闹倒很是在行。为此,我们口头拉钩上吊,约在了星期一晚上七点的机场麦当劳。

刘梦梦并非如约定所言是只身一人降落到布拉格的。当然,这事也是等我在机场和她碰上了头才知道的。冬雪夜,寒风肆起,她踮脚站在陌生男孩儿温厚的阴影里,扬起冻僵的眉毛冲我挥了挥手中的大红色围巾,隔着几个石柱的距离便高声叫嚷起来——

"嘿!你就是那什么'会开花的蘑菇'吗?"

3

我们坐地铁去了布拉格广场附近的家庭旅店放置行李,一番整顿后,又乘有轨电车前往预订好的餐厅吃晚饭。那是一家小有名气的地方特色菜馆儿,由我一手操持,因为刘梦梦说她喜欢吃酸芥末酱蘸烤猪蹄。

在落地窗左侧的木桌旁坐好，等到服务生将三杯热苹果汁依次端上来，刘梦梦这才介绍起对面那位身形单薄的男孩子。他们几个小时前才认识，飞机上刚好坐邻座。男孩儿恰巧也是一个人游欧洲，不过并非因为失恋，而是为了一场告别。至于他叫什么名字……刘梦梦的目光若有所思地在他身上停顿了好几秒，接着咿咿呀呀了两三声，男孩儿只好接过那半生不熟的目光，隔着半张餐桌向我伸出了右手："你好，我叫章终勇。"

他们的确是在飞机上认识的，从丹麦的哥本哈根一路直奔中欧。两天同游布拉格，接下来一个飞去布达佩斯，一个开往斯洛伐克。

刘梦梦在北德学习金融，因为男友不幸回归前女友，为时三周的崩溃期过后，她干脆开启了以"忘却旧爱"为主题的疗伤新旅途；章终勇在慕尼黑工大做了一整年的交换生，答辩刚过，就要打道回国，终了，一场形单影只的"告别欧洲之旅"就此拉开了帷幕。相隔七百来公里的两个陌生人相聚在布拉格的街头，彼此默许，成了一对合约短暂的结伴旅行者。

因为天色渐晚，也没什么地方可去，甜点过后，我们三人从广场移驾至城堡山脚下的酒吧。人影如潮，我们干脆排成一长溜紧挨着吧台边上坐。章终勇规规矩矩地点了果汁比酒精多的"性感海滩"，刘梦梦很显然还没从情伤里缓过劲儿，要了黑啤和可乐朗姆兑着喝。

酒过三巡，她已经醉眼蒙眬、意识模糊了，好几次差点儿从高脚椅上仰着脑袋掉下去不说，还伸着软绵绵的胳膊大喊着要玩剪刀石头布。

　　我正欲出手阻挠,却被章终勇拦了下来。他将淡色橙汁喝干净,又要了一杯大份的啤酒,接着用力摇了摇脑袋:"反正没什么事做,出来玩儿就是图个放松。既然她想玩儿,咱们就陪陪她。要知道,失恋的姑娘可都是重点保护对象哟!"

　　就这样,剪刀石头布抢了大半个晚上,无聊透顶的娱乐项目,但章终勇却像是逗宠物似的乐此不疲,格外热衷。几番折腾下来,大致一算,我们总共喝了七八杯叫不上名字的酒,跑了十多趟厕所。

　　直到夜已经很静、很深了,直到星星都盖着云朵睡觉了,直到刘梦梦已经醉得胳膊腿儿都伸不直了,我们才转移到门边的矮沙发上。

　　在接下来的一大段寂静之中,我和章终勇一面喝着暖心暖胃的薄荷红茶,一面缄默着四目相对,偶尔聊上几句无关痛痒的玩笑话。至于刘梦梦,她靠在一旁的沙发上昏昏欲睡,带着一脸哀怨半梦半醒着。店里的人影越来越稀薄,酒友伙伴们大多勾肩搭背扬长而去,留下来的,只是一个又一个残声余色勾勒出来的寥落背影。

　　缓了挺久,就在我杵着胳膊快要睡着的时候,刘梦梦酒醒了似的,忽然双目大睁来了精神。我被吓了一跳,朝窗边挪了挪,只见她两把将毛衣袖子高高撸起,抓起桌上的红茶大饮一口,却被热气烫得心肺荡漾,低头将杯子往桌上一摔,高喝一声:"哎!不如玩个游戏吧,就来讲讲自己的伤心事,谁的故事比我的惨痛,比我的催泪,让人听了想要撞地球,谁就算胜者。胜者可以提出道德范围之内的任何要求,而败者必须尽力服从。"

4

章终勇作为唯一的男生，被刘梦梦连手带脚推向了风口浪尖处。他推辞不过，只好叼着根手卷烟如数家珍地将两位前任和盘托出。

章终勇先生是辽宁丹东人，父母都是中学老师，从小家教严格，大二秋天才交上了第一个女朋友，算是场艳遇，在去往郎木寺的途中。那时他和隔壁寝室的几个哥们儿背着破包玩穷游，一不小心搭错了车，醒来时发现已经开到了夏河，隔天早上才有开往郎木寺的班次，夜路太远又危险，只能就地住宿。不幸小旅馆客满，五个人只好买了几包烟，抱着睡袋坐在大门口的石阶上抽烟醒神。

初恋就是在那个时候出现的，她戴着一副漆白色的大耳机，穿帆布鞋和破了洞的牛仔裤。东拉西扯了好一会儿，问清来由后，她说："今晚就由我好心收留你们吧，坐在这儿非得冻成冰棍儿不可。"

怕被店主发现，一行人只好从后门潜入。那天晚上，五个大男人自认为花光了前半生的所有好运气，分文未付却睡在了暖意融融的地毯上。第二天一早，他们分别上路，姑娘结束旅程折回兰州，章终勇他们继续往甘南边境走。

没想到不出一周，旅程还没结束，姑娘就成了章终勇的女朋友。

可惜，章终勇在丹东上学，而姑娘身在天高路远的甘肃。那时候的章终勇可是名副其实的热血大男孩儿，相恋后的首个新年，凭借一股子用不完的劲儿从东北连夜坐硬座赶至兰州,陪她看了一场黄河边上的跨年烟火。

"那场烟火可真是美啊,左手拥着姑娘,右手青春在握。爱情就像是被冲上了天空的照明弹似的,恨不得闹得尽人皆知,风雨满城。"

可就在那感人肺腑的跨年夜之后,姑娘真心诚意地说要分手。她说她受不了朝思暮想,也根本要不起伟大的柏拉图式爱情,只想情意满满的两个人日日夜夜踏实守候。

情理兼备的说辞终究令章终勇望而却步,他不纠缠,只好忍住满心委屈,默默送出了祝福。那是除夕夜的前一天,大家欢天喜气辞旧岁,他却躲在没有人的房间里哭出了声。

一场珍贵的初恋,还未开花便已夭折,原本幻想着一场枝繁叶茂,没想半道却提早杀出了个枯叶嶙峋的大剧终。

章终勇讲着讲着便又红了眼眶,他低了低脑袋,刘梦梦赶紧将茶水、纸巾一并递上,又饱含爱怜地摸了摸他的头。

店里的客人比之前更少一些,我看了眼手表,已经十点多了。

据章终勇所说,第二任女朋友是出国交流的时候认识的,没弄清姓名,只听他亲切地唤她小优。小优是章终勇的研究生同学,父母从商,家庭条件优渥。可能正是生长于良好家庭的缘故,她的潜意识里有那么一股子金光闪闪的优越气质,而那感觉自始至终是出身平凡的章终勇望尘莫及的。对章终勇来说,小优是女神一般的存在,得包容,得呵护,得捧在手心里供着。可在小优看来,要说作为他的女朋友,不如说是搭起伙儿来过日子。

两年前的圣诞节，姑娘提出想要去临近的几个城市旅行。章终勇忙里偷闲一番张罗，单打独斗订好了宾馆、车票，规划好了全部行程，从慕尼黑出发，途经奥地利，美食美景好时光，一圈儿下来，满满的欢歌笑语。没想到在苏黎世的大巴站里，两人竟然赌气赌到脸色铁青。

那是旅行的最后一站，再过两个小时，他们就要乘大巴返程回德国了。瑞士物价高昂，章终勇凑凑合合地从超市买来两只热狗和一份三文鱼沙拉作为最后一餐。他将大半盒蔬菜和全部鱼肉通通分给了女朋友，自己坐在大厅中央的大理石长椅上就着生菜痛快淋漓地大吃一通，不想这举动却令身边的小优心生厌恶。她觉得颜面尽失，高声嚷嚷着，廉价的热狗也就算了，女神怎么能够穿着高档羊毛大衣，戴着礼帽，坐在大庭广众之下捧着个比脸还大的塑料碗吃沙拉呢？

类似的矛盾简直层出不穷，价值观全然不相符的两个人非要同处一室，无异于作茧自缚。错误的恋情逐日降温，直至香消玉殒。最后小优因为家里的事情提前回国，这段恋情也就走向了不了了之的惨淡地步……

章终勇点起一支烟，紧接着无比沉重地吐出一口烟雾。刘梦梦轻抿嘴角，只是神色恍惚地望着他。

章终勇将手中的烟头捻灭，全然不在乎听众的反应。那是一种"我讲完了，你们爱咋咋地"的神情。他低埋着身子，伸出手指朝对面轻轻一点。这一点，就点到了我。

我可是真正的漫漫感情路，凄清二十年。虽说坐拥着历届友人五花八门的失恋经历，但自己倒也从未承受过什么痛彻心扉、天崩地裂的痛楚，于是随便糊弄了几句中学时期浅薄不成形的男欢女爱、纸条传情，也就耷拉着脖子缴械投降了。刘梦梦眯着眼睛一个劲儿地盯着我看，一副难以置信的奇怪表情——

"我说姑娘，这不太符合常理啊！好女孩儿初来乍到都会遇上一个大灰狼，更别说像你这类样貌姣好、心地善良的。怎么着，你的那只大灰狼是还没出山啊，还是半道儿退场了？"

我怯怯地笑，不知所措地伸手抽纸巾抹了抹嘴角。刘梦梦又盯着我看了一会儿，这才转移目标看向对面的章终勇，嘴里还嘟嘟囔囔些什么。顿了两三秒，章终勇猛地抢过话茬儿："谁……谁……谁说的？谁说男人都是大灰狼？"

一看章终勇过激的反应，我俩开始起哄，开始闹，拿起一旁的开瓶器将桌面敲得砰砰响。章终勇不以为然地拍拍手掌："哎呀别闹了，听她讲。"

最后一个是刘梦梦，闭幕大戏，都等着女主角隆重登场。还没等我们下令"开始"，她就像是甩开烫手山芋似的，噼里啪啦将那些受了伤的往事往台面上放。

章终勇扶了扶手臂示意她慢慢说，她不怀好意地盯了他一眼："别担心我，还是赶紧为自己准备两张纸巾吧！"

刘梦梦口口声声说的那位大灰狼，其实是她的同系学长。他比她早一年来欧洲，人长得寒碜，内心却很是纯良。据刘梦梦说，此人诵得一口好诗，弹得一手忧伤的小吉他，除了不善言辞之外，感怀风月什么的最在行。

他因历时两年半的恋人背着自己偷偷收人玫瑰提出分手，刘梦梦看不过去，跟前跟后地帮他治疗情伤——雨中撑伞、病中照料，黯然神伤的时候还为他端菜送饭煲鸡汤。那段时间不仅课业繁重，空闲时间还得拯救一个满心创伤的大龄男青年，刘梦梦虽然过得体累身乏，可心神格外激荡。

　　她说幸亏大灰狼没有拒绝被照顾，这让她觉得自己一夜之间成为那段未老先衰的感情天平上最有价值的一方。

　　他们喝酒聊天，秉烛夜话，他向她讲述了一件又一件和前任在一起时衷心承诺过却又没来得及做成的人间美事。他说要带她去荷兰看郁金香花田，还想和她看圣托里尼白色屋顶的日落；他说要带她来布拉格，手把手地在列侬墙上刻下两个人的名字，还想坐在广场上的小木屋门前和她比赛喝那种味道清甜的啤酒……

　　出于女主角全剧缺席，前三条无论如何无法完满落成。但没过多久，在刘梦梦的陪同之下，他的最后一个梦想算是勉强实现了。

　　万圣节那天晚上，妆容诡异的红男绿女将小酒馆儿里三层外三层围了个水泄不通。学长一看势头不大对，百般劝阻，但刘梦梦不听，执意奉陪到底。她说她能喝，从小爷爷就用筷子蘸白酒给她练着，出不了大事儿！人们也都是图个热闹，相劝相邀，眼睁睁地看着她一杯又一杯的啤酒咕咚下肚。

　　他们好不容易才抢到花坛边上的一小方青石台阶，学长让刘梦梦原地占位，半支烟的工夫，就从屋里搬出了一打啤酒。

　　刘梦梦一看，内心发怵，火光之间，耳边轰轰隆隆地打起了退堂鼓。她深知自己酒精过敏，喝几口便能引得周身发红，平日里和

世界那么大，还是遇见你

朋友们聚餐，也只有自己红酒、烈酒、鸡尾酒绝不入口。朋友要是劝得过分，她就说："我不能喝，一喝就醉，一醉就死，死了你们还得忙活。"话都说到这个份儿上了，大家也就都不再强求。

可那个夜晚却格外不同。刘梦梦并非逞强好胜，只是当她看到学长那三分期待七分悲切的面孔，唇齿一横抛开了自己的感受。

只记得开场不久，两人老虎棒子鸡敲得不亦乐乎。凭借千年不遇的好运气，刘梦梦屡屡险胜，学长却输得一塌糊涂。可半打酒喝完，她的整个世界就仿佛翻了个个儿，意识越来越浑浊，昏天黑地的麻木感也越发浓重。

好像过了一个世纪那么久，重新睁开双眼的时候，刘梦梦发现自己躺在医院的病床上，一位金发碧眼的护士正拿着针头找血管，床头坐着从小一起长大的闺中密友。她扶住胳膊不动，半撑着身子张口就问："学长人呢？"

"他在隔壁躺着呢！不过你不用担心，他有女朋友照顾。"女朋友？刘梦梦当下就蒙了，千想万想，没想到自己的舍命相伴，却换来了对方旧爱回归。

闺密在护士的带领下前去取药，留刘梦梦一个人在白花花的大床上，还没缓过劲儿，就听一阵由远及近高跟鞋的声响。恍惚之间，一位面容陌生的长腿姑娘在她跟前停下了脚步："不知道你到底在发什么疯！你爱闹就自己闹，以后离我们小王远点儿！被你带坏不说，别等到最后连小命儿都没了！"

大长腿一席话撂地，转身就走。可真是个大梦初醒的时刻，刘梦梦像是被骂晕了似的，坐在床上一动不动。

隔天下午出院，期间大灰狼确实来看过她一次。他神色犹豫地推开门，将小束鲜花和饭盒往床头柜上一放，几欲开口问候，却始终低垂着头。

站了好一会儿，他才怯生生地看向刘梦梦，说："同学，真的对不起，我不该肆意喝大酒，还连累到了你。你真是个好姑娘，可无论对于健康还是对于个人形象，醉酒可都不是什么好事儿，你还是应该多多爱惜自己。这排骨汤是我女朋友炖的，分出一份端过来，谢谢你这么长时间以来的关照，我女朋友早就回心转意了，说是一直和我赌气，还责怪我不该出这么一招苦肉计。谢谢你，也真的很对不起……"

还没等刘梦梦回应，他便起身离开了。那背影看上去和长腿姑娘一模一样，步子里是满满的不痛不痒与云淡风轻。

到底是情至深处难自拔，这段伤情旧事令刘梦梦身心消沉了近一个月，也是下了好大的决心，才迈出步子开启这趟疗伤之旅。

可要我这个局外人来说，这整个就是刘梦梦的一厢情愿，怪不得大灰狼走得坦荡荡，毫无后顾之忧。刘梦梦一口一个前男友，可在对方心里，这段关系归根结底从来就没开始过。

5

游戏散场。很显然，刘梦梦成了伤情大赢家。我依旧沉浸在真人真事中不言不语，一旁的章终勇喝醉了似的，抽出纸巾一张接着一张地往鼻子上擦。

按照游戏的既定规则,我们询问刘梦梦有什么终极要求。她的目光绕过我,晃晃悠悠地定格在了章终勇身上,然后一声令下:"走着,驮姐回家!"

6

第二天早上,我们约好时间和地点。草草做了线路规划,三人行,从布拉格城堡一路步行至瓦茨拉夫广场,中间跨过河鸥掠顶的查理桥,还穿过十几条宽窄不一的街巷。刘梦梦拿着台拍立得蹦蹦跳跳,左照右照;章终勇夹着半包烤烟丝,边抽边卷折腾了一路。我们笑他是个万宝路都买不起的劳苦小青年,他却反过来笑我们不解风情,与此同时,还就地挺了挺身子,扮出一副财大气粗的样子:"自己卷烟自己抽,这才叫来布拉格感受生活情调!"

那天我们步行穿过了大半个布拉格,走到最后我的脚掌都磨出水疱了,刘梦梦装着杂七杂八的背包也已经换到了章终勇的肩上。我问卷烟章重不重,他一面哼哧哼哧喘粗气,一面闪过身子呵呵笑:"不重不重,只是王子不经常来民间体验生活,难免会有些力不从心吧。"

晚饭在伏尔塔瓦河畔吃了顿地地道道的波希米亚风情餐,餐后大家都已经累成了拉布拉多,刘梦梦却执意要去列侬墙走一遭。章终勇说:"行啊,要理解失恋少女的苦楚嘛!"我二话不说,也屁颠儿屁颠儿地跟着去了。

晚上八点多，天光泯灭不清。路上没什么行人，只有一个满头长发的流浪汉窝在墙角拨弄着一把断了弦的破木吉他。

离墙八丈远，刘梦梦伸手在背包里一通狂摸。我拖拖拉拉地跟着章终勇在后面卷烟，她活蹦乱跳地跑在最前面，然后几步跨到墙根下，抡圆了胳膊就往墙面上画。我俩一边拍手，一边打着响哨赶过去凑热闹，只见五个猩红色的大字被围困在一个边角圆润的桃心中——王立&李菁桐。

章终勇一看，惊得下巴差点儿没掉下来，细细碎碎的烟丝愣是撒了一手："你……你不是姓刘吗？"

刘梦梦不慌不忙地转过身子，眉眼含笑，说："你们看，我没费什么力气，就帮学长完成了第二个愿望！"

章终勇起先是维持了挺长一段时间的大惑不解，很快就转变成了恨铁不成钢。他指着那五个端端正正的大字，面上带着三分笑意七分生气："刘梦梦，我说你有点儿出息成吗？他自始至终都没拿你当回事儿，亏你还这样对他！"

刘梦梦站在原地不反驳也不搭话，手臂软绵绵地垂向地面，眼角忽而湿湿答答。我欲上前安慰，却被章终勇抢先拦下了。他将没来得及塞好的过滤嘴往地上重重一摔，二话不说抢过刘梦梦手中的马克笔："既然这堵墙在你们眼中这么有纪念意义，来，刘梦梦，咱也来画一个！"说着便扶住她的肩，手把手在约翰·列侬的肖像下面画了一个工工整整的大方框，还没等刘梦梦反应，便又在方框中央正正地写下了几个醒目大字——刘梦梦&卷烟章。

盘踞在眼角的红润瞬间漫过了耳根,刘梦梦推搡着连声问:"你这是干吗呀?干吗呀……"章终勇将笔盖盖好塞回到她手上,重新拿出个过滤嘴往唇齿间一插:"你说呢?拯救失足少女啊!"

那天我们十点不到就挨个儿拖着落水狗似的疲惫身躯打道回府了,既没揣着满怀无病呻吟的忧愁去酒吧,也没唠叨那些时过境迁的鬼话。路过查理桥的时候,刘梦梦和卷烟章并排走在前头,我跟在后面一面踩影子一面讲电话,还真是有那么一个瞬间,猛地抬头,突然觉得这一对旅人虽然风尘仆仆,却很是般配。

一个颀长伟岸,一个娇小玲珑;一个犀利幽默,一个温柔如水……

7

12月14日,暮云暧叇的黄昏,那是他们离开后的第三天,广场上那棵会唱歌的圣诞树已经被装点得珠光宝气了。我坐在学校图书馆里准备学科报告,桌上的手机叮叮咚咚一阵乱响,打眼一看,原来是刘梦梦。

我冲到茶水间接电话,她开口就问:"大蘑菇,你猜我在哪儿啊?"

"在哪儿?不是布达佩斯就是维也纳啊!"

"错了错了,我正在圣托里尼看海呢!没想到吧?"

隔了四五秒,她传来一张照片——那个三天前还裹成一颗粽子、满心疮痍的姑娘，此刻正穿着吊带短裙，虎牙半露，站在白色屋顶的影子里咧着嘴傻笑，金灿灿的阳光在她脑袋上方绽开了花。再仔细瞅瞅，她的身后隐约挤出一个半拉大的脑袋，我放大一看，原来是章终勇。

"他不是计划下一站去斯洛伐克吗？"

刘梦梦哈哈笑出了声："还记得那天晚上的游戏规则吗？卷烟章答应了我的要求，更改路线一起来圣托里尼晒太阳了。"

后来刘梦梦跟我说的一段话，我至今都难以忘怀。她说："你能明白我和卷烟章在一起时的那种感觉吗？就像是独自一人流浪在深夜万籁俱寂的大街上，看着事不关己的落寞霓虹，突然想要放声大哭，这时候，他推开一扇门，走出来，摸摸我的头，又拉起我的手，温柔地说了句，欢迎来我家！"

8

刘梦梦结婚了，新郎却不是章终勇。虽然我们不知道到底发生了什么，但依旧为她的大婚告成拍手叫好，没有人感到遗憾，也没有人哭，感情来来去去不过如此。可站在青春的尾巴上，难得有人心甘情愿为你遮风挡雨，愿意随你的心意改变征途……

故事配小曲儿

《爱在波希米亚》（吴青峰、魏如萱）

我想踏着不存在的音阶往上
漂流在猫与兔子共处的海洋
我们互不相让又不属于对方
离开不只是关扇窗
和你一起歌唱像密谋的拾荒
躺在命运前后顾左右而言他
两个人交叉比对过后的信仰
总太过独自感伤
反复的 咏叹呐 有种爱叫作波希米亚
飘散的 蔷薇花 天冷时也不流浪
所以我 和你啊 该分手时候好整以暇
等晴朗 等健康
等到寂寞都退潮再收拾行囊
生命的月台上有爱也有失望
我是谁我也不懂只是爱吟唱
雨被春天的河床没收成出发
告别转弯的地方
反复的 咏叹呐 有种爱叫作波希米亚
住时间 脱了缰 青春是耽溺的妆

张开眼 梦中央 空荡荡里占领围墙
辉煌的 仍张扬
只是微笑了送你从回忆离场
反复的 咏叹呐 有种爱叫作波希米亚
飘散的 蔷薇花 天冷时也不流浪
所以我 和你啊 该分手时候好整以暇
等晴朗 等健康
等到寂寞都退潮再收拾行囊

人生的旋转舞会

1

四月的一天,我站在查理桥中央的一座神像下面避风,有人从背后轻轻地拍了拍我的肩,说:"小姐,能麻烦你帮我拍张照片吗?"她的声音很轻,略带试探性,像是法语的发音。

我狠狠地点头,一个利落又放肆的转身,手握"利器",对准人影咔嚓一下。

一次跌跌撞撞的旅途,一场异国艳遇,我认识了性感尤物马梦露。

2

马梦露是南方人,今年二十八九岁,听说是因为人生陷入低谷,于是毅然决然地辞掉工作,将过往清零,来布拉格设计学院做一年的进修生。

她的眼睛很美,是淡淡的琥珀色,在阳光下像是死去的河流。她长时间佩戴一对绿豆大的珍珠耳钉,眼线画得突兀而粗重。

马梦露绝对算得上那种犀利又有趣的姑娘,安静的时候全世界陷入冬眠,讲起话来唇齿跳动、风生水起。

基于此,虽是初来乍到,她却也不缺朋友。

她并非仅仅是乖巧可爱,有点儿小坏,做起事来人人皆爱,而是稍许物质、稍许虚荣、稍许任性,外加稍许姿色。

她常说这是人性中一处极具标志的瑕疵,轻易抹不掉的,难兄难妹们听后纷纷瞻仰过往,自我剖析,说:"没事儿的,没事儿的,谁的人生没点儿大伤疤,没点儿小窟窿?残缺的人性最美好了,我们可都是断臂的维纳斯哦!"

人以群分,我身边诸如此类的姑娘挺多,但相比之下,马梦露一定是脱颖而出的那个。

她善良起来"感时花溅泪",开心的时候恨不得将整个宇宙一并造得大红大绿。她说该嗨的时候就应该尽情摇摆,性感光阴无比短暂,嗨不了一辈子哦。

马梦露二十三岁大学毕业,在职场上一路摸爬滚打了五年多。她说自己是洪湖水,浪打浪,沙土淘尽徒留一身小聪明,可关键时刻却依旧将错就错,毫无施展之地。她和老妖有点儿像,虽说程度不一,却也能够相互抱团、自成一体。

可能就因为我不是这样的人,也没勇气成为这样的人,因此对于这类性格鲜亮的女孩儿很是好奇。

3

我们经常造访市立图书馆附近的一家酒吧,那儿离学校很近,就在老城广场南面的老街上。我对于摆在门口的两台老虎机特别热衷,只要往机器前面一站,就总幻想自己是金光璀璨、披金戴银的大富婆。

马梦露的喜好却简单明了得多,她轻描淡写,说他们家的德国黑啤特别好喝。

那家店头几次是老妖带我们去的,后来每逢周六晚上,马梦露便定时定点地出现在门口。

她的步骤很是规律——先挤进舞池蹦跶几下,等到晚些人潮汹涌的时候,就坐上吧台的高脚椅要来几种酒兑着喝。她说她爱极了那种头晕目眩的感觉,像是扑朔迷离却又极度膨胀的人生。当她的眩晕感直线上升,醉到人畜不分的时候,就搭着陌生人的肩膀不罢不休地喊人"大哥"。

"大哥你哪儿人啊?大哥你别害怕,别看我平日里趾高气扬的,其实我特别脆弱,也就喝醉的时候敢真情流露。"都是金发碧眼的外国人,谁也听不懂她说什么,邪恶点儿的借机上前搭讪,纯良点儿的吓得往墙根里躲。

如遇这种场面,我和同去的姑娘就一面跟人道歉,一面伸胳膊将她拦住。她咯咯咯不停地笑,声音又尖又厉。有时候她踢开高跟鞋要去厕所,有时候笑着笑着突然就哭花了脸。

我倒是挺喜欢听她酒后吐真情,一通胡吹海编,绕了地球一大圈什么内容都没说，空留满嘴白花花的啤酒沫。我们自然觉得舒服，不用思考、不用回复，跟走过场似的，听来全不费功夫。

别看马梦露常常喝到桌子椅子混淆不清，又瞎又聋，但陌生人要带她回家，她却坚决不从。

她说尽兴归尽兴，咱中国妞的底线杠杠硬，跟大欧洲的声色犬马截然不同。

我说："你还真是有操守嘿，怪不得看起来与众不同呢！"她歪着嘴呵呵笑，说："谢谢谢谢，你发自真心的赞美我如数没收！"

4

可你们知道吗，她在这一切看似游戏人生的风花雪月之前，曾有过一次颠沛流离的失败感情。双方父母同意，婚纱照拍好，蜜月安排都已经定下，新郎却中途退场了。

那场滑铁卢似的经历将她的生活推向了失意的风口浪尖。马梦露形容那是情感史上的一次惨绝人寰的大屠杀，丢盔弃甲不说，自尊都被掠夺得片甲不留。

马梦露在回忆这段往事的时候特别痛心疾首，叙述之余，还以举一反三的方式额外增添了好多人生感悟。

落荒而逃的未婚夫是个有点儿文化的王老五，整个恋爱期间行踪明灭，虚与委蛇，好像随时都会消失不见似的。马梦露在那之前虽然也曾死去活来爱过好几回，可像这样若即若离、忽冷忽热的对象还真是头一次遇着，为此也确实被搞得焦头烂额、手足无措。

马梦露最常做的事情就是一边举着电话夺命连环call，一边玩儿命翻看各种版本的爱情鸡汤，什么《结婚吗》《教你恋爱》《恋爱的艺术》，虽说大多走马观花，但她也算是一本都没落下。

书上说，恋爱中的男人忽冷忽热是在欲擒故纵，是试图引起你的好奇，挑起你的求知欲，是想要你更在乎他。

局外人看完后定会将这番扰乱人心的烂理论在第一时间卷成团扔进垃圾桶，可马梦露小姐却乐呵呵地信以为真了。她不止一次地站在卧室的落地镜面前自我鼓励，口中念念有词。她说老马啊老马，没想到你年纪一大把，却依旧魅力难挡，轻而易举就能撩拨男人心啊……

大家纷纷笑她傻，说那种书不能乱读的，描述方式模棱两可，说不好就有心灵迷魂散的嫌疑。运气好点儿的姑娘也不可能光凭它就百分之百恋爱升级；运气不好的，指不定一个闪失就能让你误入歧途。

露露的嘴挺快，想都没想便脱口而出，男人的爱和动物一样直截了当，喜欢就软硬兼施玩儿命靠近，不喜欢就想方设法借口远离。真爱你的人大脑早就被过剩的荷尔蒙冲晕了，理智盘算的那都不叫爱情！

马梦露没有立马反驳，歪着脑袋沉思了好一会儿，突然用力敲起碗筷，高声大叫"同意"。在座的姐们儿不约而同被吓了一跳，面面相觑。

然而孤零零的欢呼雀跃不过是为了掩饰自己内心深处的失意。

对此，我们心知肚明。

在我看来，结婚对象临时退场和航班取消确有相似之处。你可以强窝着一肚子闷火拖起行李改换行程，也可以手握武器破罐破摔与对方大动干戈，可无论是苦苦哀求还是威逼利诱，只会增加结束的步骤，结果不会有任何改变。

有幸马梦露小姐的想法和我很是相似。很明显，她选择了后者：提着菜刀兴师问罪，说既然无法白头到老，那咱俩干脆就拼个鱼死网破。后来前任的一席话令她放下屠刀立地崩溃，思前想后，深感此举于事无补。

他说："其实你心里比我更清楚，我们不合适的。说白了，就是我没多爱你，你也没多爱我。之前是迫于父母之命，可我一觉醒来，发现自己就这么凑凑合合过一辈子挺不划算的。我要灵感，很多很多的灵感，以让自己的人生看起来没那么平庸！可是你完全没法给我的生活带来更多的灵感。如果和你在一起，我的人生没有峰回路转，只会即刻开始走下坡路。"

马梦露听了挺伤心，觉得自己此前的倾情付出算是通通喂给白眼儿狼了。可她转念又一想，对啊，和这王八蛋在一起亏的是自己啊！后悔的话不多说，她逃难似的出走，杀来了风情万种的布拉格。

也是后来跟小姐妹们诉苦，说谁的付出不曾掺杂点儿真心实意呢？想当初不过是怕人嘲笑，也怕愿望落空，因此不得不用物质掩饰真心罢了。大家挨着个儿跟她碰杯，说干得好啊干得好！说走就走的女人最可爱了!

马梦露听后一阵苦笑。其实这其中的苦涩,大家都懂。

5

三文鱼配白葡萄酒,美女配猪头。身边的事实一次又一次地提醒着我,像老妖这样出类拔萃、性格张扬的姑娘一般都乐于追求人生制高点,红唇烈焰,配小开、配高富帅什么的,再不济也得拉来个风流倜傥的文艺男滥竽充数。

可马梦露小姐不同,唯有她别出心裁,初来不久,便谱出了一曲"暖男配小婊,爱到天荒地老"的跨界爱情赞歌。

暖男是个彻头彻尾的穷书生,家世一般,若硬要说巨额财富,数来数去就只有满脑子对未来的天马行空。

他们就是在那家寄存着我大富婆梦想和供马梦露一醉解千愁的地下酒吧撞上的,说来也是一场小事故。

不厌其烦的星期六,我们一小拨人热火朝天地穿插在摩肩接踵的人群深处。

刚刚老虎棒子鸡敲了两三轮,晕晕乎乎的马梦露便吵着嚷着叫暂停,说是憋不住了想要上趟厕所。我也是两杯啤酒下肚,像片叶子似的摇摇欲坠地挂在她身后。

卫生间在长廊的尽头,男女分厕,可各自只有一个马桶。马梦露提前完事儿就闪身出去了,我在后面优哉游哉地解锁开闸。

裤子还没提好就听到门外平地一声响，开始我没当回事儿，老妖经常说，酒吧这种地方就是为醉酒发泄的人准备的。

就在我对着装饰镜补口红的时候，门口又炸出一句叫骂声，再仔细一听，好像是马梦露。

当时我口红只补好了嘴唇上半圈儿，来不及想，操起洗手池上的洗手液瓶就冲出去了。门刚推开大半，只见一个黑头发男人半倚住墙，双膝微屈，对面站着怒发冲冠、头颅高昂的马梦露。周围站着一群人，喝的喝玩的玩，都当作没看见，一副司空见惯的样子。

一看姐们儿占上风，我也不急着向前冲了，立马放下手中的玻璃瓶试图问清缘由。那男的抢着说话，刚开口就被马梦露一声长哨压了回去。

老妖闻声赶来，看着卫生间门口的一片狼藉，只听哐当一声，她挥舞着手臂打圆场，说："别在这儿闹啊，一会儿警察来了！咱都是外国人，挺麻烦的，不是自己的地盘，别一不小心留下点儿黑记录什么的！"

马梦露却不肯罢休，对着那男的空抡拳头。她挽住老妖，满腹委屈："是他是他就是他！"

我刚要接一句"我们的小哪吒"，马梦露一口爆破："是他撞了我的头！"

"对不起啊对不起！我已经郑重其事地道过歉了！"那男人也是一副理直气壮的样子。

……

其实当时大家喝得都有点儿多,后来又缠了一会儿,等到酒醒大半也就各归各位,各自找乐儿了。

6

没出一周,马梦露宣布:"我恋爱了。"

一句话的通告庄重严肃,四个干干净净的大字光宗耀祖似的令朋友圈炸开了锅。她拉着我和老妖,硬要我们去见见自己的新男友。老妖打死不去,说:"就你这眼光,能找着正常点儿的吗?"可马梦露三番五次地软磨硬泡。经不住磨蹭,我们最终还是去了。

几个人约在城堡下面的一家咖啡馆。刚看见男人的第一眼,老妖就吓折了腰,她结结巴巴好半天,说:"这……这不就是上次在酒吧和你起争执的那个男人吗?"

马梦露呵呵一笑,说:"你眼神儿真好,是他是他就是他哟!"

我正想接一句"我们的小哪吒",把上次没唱出来的给补上,没想马梦露又一次先声夺人:"我的男朋友!"

"欢喜冤家哟!电视剧哟!你谈个恋爱还真是惊天地泣鬼神的!好自为之哦!"老妖说完,转身走了。我想去追,马梦露一把将我拉住。她透过橱窗望着那身影呵呵笑:"那是我男朋友哦!"

老妖不厌其烦地一次次告诫马梦露,像是打预防针那样:"你千万千万别委屈了自己,恋爱阶段稍微有一丁点儿不适就赶紧撤。要知道,婚后只会更糟,不会变好的!那书生说好听点是两袖清风,说白了就是一无所有,和他在一起就像给自己开了张空头支票,看上去学富五车,可别到头来徒留满身清高,换得一场虚空!"

可马梦露不这么想,她反驳说书生就像是一棵大树,虽然看上去不动声色,却也是一支天高地阔、枝叶茂盛的潜力股。

"矮穷矬上升空间足,有机会人生大跨步。高富帅天生自带光环,却很难找到深刻的人生意义!"

大家七嘴八舌:"别夸得那么勉强,他就是个有点儿科学知识的管道工,虽然老实巴交,不至于骗钱骗色,可这类男生相处起来很无趣哟。"

乐乐话音还没落,便得到马梦露的厉声反驳。她故意将瓜子皮吐得噗噗响,说:"你们一个个目光短浅的青涩小童,玩儿的年龄都还没过呢,哪里懂得生活!和书生相遇,那可是一场别开生面的人生大狂欢,你们光看见了他的木讷,可其中的狂和欢可不是一般人能看透的!"

马梦露表面上飞扬跋扈,内心却柔软得像是水洗过的天鹅绒。这一点,我们都懂。因此大家停止了调侃,嘻嘻哈哈换得一阵觥筹交错。

书生在一家捷克公司做管道设计,跳槽没多久就升职做了部门经理。他工作起来很卖力,时常加班加点,起早贪黑的。

马梦露的恋爱理由说起来错综复杂,因为生活失去重心,因为未来喷了她一头雾水，因为体乏心累，因为前任半道儿失踪……可书生的理由却相当明确——因为爱情，因为想要结婚生子，基因重组，延续后代。

我们笑书生过于现实，一点儿都不浪漫，马梦露却说他这叫作熟男风范，稳重如大山。

一时之间，整个场面再次炸开了锅，大家争着抢着往近处凑，说："梦露梦露，书生到底是施了什么法术才将你从里到外一并制服的？"

马梦露睁大眼睛望着我们，说："相爱的人怎么能说'制服'呢？我是觉得目前的状态也不错，所以洗尽风尘，自愿缴械从良了。"

他们住在了一起，在七区城市公墓背后的家属区。

书生固执，却很内向，宅男拥有的缺点他基本上都有。他为人特别低调，衣服、裤子、公文包除了白色就是黑色，说自己甘心做人群里的一滴水珠或者一粒尘土，反正只要别太惹眼就好了。

反倒是马梦露言谈举止挺张扬，成天到晚红唇吊带高跟鞋的，穿条裤子大冬天的恨不得露出大半截小腿，穿件衬衫扣子恨不得开到胸口，散个步也要手握玫瑰作为点缀，说是与红色的浅口鞋搭配起来刚刚好。

书生说："不行不行，你这样秀天秀地秀下限的，虽然貌似很文艺，但看上去有点儿风骚。"她眨着眼睛巧言辩驳，说："你看看，大家都羡慕你，因为你的女朋友性感得恰到好处。"

每逢这时候，书生就很是认同地默默点头，一旁的马梦露则会踮起脚尖主动去亲吻书生的脸颊。书生好不自然地向后趔趄小半步,说:"这么多人呢,多难为情啊!"

但侧过脸去,他的眉眼瞬间绽开了花朵。

对于自己的招摇过市,马梦露当然自有说辞。

有一次我们相约去瓦茨拉夫广场的老火车餐厅吃饭。马梦露举着半杯拉菲叮叮当当一阵自拍,随后将其一饮而尽,说好事不出门,坏事传千里。

我一脸蒙昧,她不慌不忙,抹干净嘴角才开始解释,说这个道理是她如厕的时候悟出来的,对不对也没个准儿,让我挑着听,听完完事儿。

马梦露说,人生起伏不定,只要还有口气就不可能安稳于世。但事实就是好事不出门,坏事传千里。所以该嘚瑟的时候就应该嘚瑟,该装的时候就应该对着全世界装,该倒霉的时候也别太担心别人落井下石,勇敢面对就好了。

7

纵使在我们的眼中书生有千般不好万般不配,马梦露却爱他长长久久。她扬言,书生缺点很多,但有一点做得可是无人能及。

一群姑娘伸长了脖子,争着抢着问是什么。

马梦露打了个响指——就是爱我。

书生的确对马梦露施以万千宠爱。两人同住,他一天天早出晚归、披星戴月的，马梦露想干吗干吗，海阔天空。两人说欧洲的生活多少有些空洞，想要养只宠物，商量了好久，书生点名点姓喜欢萨摩。

也不知是不是故意与他作对，到头来，马梦露偏偏收养了一只通体浑圆的英国短毛猫，还故意起名叫拉布拉多。书生也不生气，说拉布拉多就拉布拉多，反正都是好伙伴，不会笑不会哭，换来换去都是一样的。

拉布拉多很通人性，是个劝架高手。每每两人争起嘴来锅碗瓢盆大动干戈，拉布拉多就装出一副无辜又可怜的倒霉相，轮着番儿地往他俩脚边蹭。

每当两人裹起棉被增进感情的时候，它则很温顺地往不远处的窗台上一卧，时不时喵喵叫上几声，偶尔会不怀好意般故意叫得很凶，马梦露就会两步跳下床随手扔给它一罐沙丁鱼罐头。后来拉布拉多像是养成了习惯，只要两人将棉被一裹，它就扯着嗓子喵喵叫，有时候干脆往床头上一卧。马梦露一看，这厮聪明啊，罐头没得吃，干脆将它关在了卧室外头。

情投意合半年多，虽然失去了点儿自由，但有依有靠的感觉好像也不错。

马梦露搅着碗里的意大利面，说："书生书生，我们的生活好像开始陷入波澜不惊了，有些无聊哟！"

书生叉一块培根，眼睛都没抬，说："那你的意思是制造点儿波澜？那好吧，咱去领证！"

马梦露刀叉一甩，桌子一拍："就等你这句话了！"

8

那是个细雨蒙蒙的星期一,满城烟云的。书生请了假,带马梦露去大使馆领结婚证。马梦露一路上欢呼雀跃,书生眉眼含笑,却也沉着如故。

照片五张,填写表格,手头的资料都已经递进去了,轮了一大圈儿,玻璃窗一侧的工作人员却遗憾地摇了摇头,说:"你们没有预约吗?办理结婚是要提前预约的。"

马梦露忽而心生坎坷。她铆足了劲儿劈头盖脸就是一句:"你们网站上写清楚要预约了吗?结婚要预约吗?离婚是不是也要预约呢?我分手是不是还要给你打电话通报一声呢?"

本以为工作人员会悲愤交加,破口大骂,没想到他却训练有素地来了一句:"是的,办理离婚也是要预约的。所以,请您下次再来吧。"

书生见情况不妙,一面向工作人员道歉,一面将未婚妻往门外拖。天空突然下起倾盆大雨,一瓢一瓢往下浇……

婚没结成,马梦露的满心沮丧整整延续了一路。书生挺心疼,给她买了个甜甜圈以示安慰,又俯下身子摸她的头,说:"不急不急,咱改天再来,晚上回去我先给你画一个!"

书生果然没有食言,一回到家就找纸板、找彩笔、找模板,呕心沥血,硬是给马梦露画了两份真假难辨的结婚证。

马梦露捧着那两份手绘结婚证左看右看,就哭出了声。书生抱着一盒纸巾守在她身侧,说:"幸亏小时候被逼着学画画啊,关键时刻还能骗回个老婆！"

他们开红酒，讲誓词，交换戒指，满脸严肃。书生一口一个"Yes，I do"，玩得跟真的似的。

其实戒指挺贵的，书生是想准备来着，可马梦露一直说在欧洲买性价比太低了，以后回国再补上也不迟。她将爸爸送给自己的一枚"开口周大福"调好尺寸，套在了书生的无名指上，又将自己在小店买来的镀金指环递给他，说："快快快，其实我一早就准备好了，冒牌儿的，暂时凑合一下。"

两人吃完结婚蛋糕，马梦露躺在地板上一阵感慨，说："你看看穷书生，我结婚手续没办成，还搭进去一枚纯金大戒指，和你在一起可真是一亏到底啊！"

等了半天，书生没说话。马梦露扭头一看，他竟然睡着了。

第二天马梦露和姐们儿小聚，回家挺晚，书生已经在餐桌前面等了好一会儿了。刚进门书生就一阵抱怨，说："老婆老婆，刚结婚你就开始自由散漫，歪风邪气乌泱乌泱的。快去做饭呀，我快饿死了！"

马梦露二话没说，脱了外套就去开灶起火，但刚刚打开锅盖就尖叫出了声。

一枚亮闪闪的六爪大钻戒躺在锅底，周围点缀着一圈红的白的玫瑰花。

就在这时候，书生从身后揽住了她，说："要亏也是亏我，哪能亏待老婆？这结婚证还没领呢，要将坑蒙拐骗进行到底呀！"

马梦露好不容易破涕为笑，在书生的胸膛乱捶一通……

9

我们曾为这段恋情想象过无数种结局,却从未料到结果会是平淡如云、皆大欢喜。老妖说不怪大家伙儿居心叵测,只怪马梦露生性不羁、善于闹腾。

时至今日,他们已经结婚一周年了。马梦露还是红唇玫瑰,招摇过市;书生依旧勤勤恳恳,风里来雨里去。

"谁说这世界上只许公主配高富帅?"马梦露摇着酒杯,轻晃双腿,"世间搭配千万种,还是两情相悦最长久。"

谁说不是呢?不信你看,灰姑娘都穿上王子递过来的水晶鞋了!

故事配小曲儿

Mademoiselle-Berry

Mademoiselle jai des secrets
Des choses que je sais que je tais
Un vieux bubble-gum
Qui colle aux souliers comme un homme
Mademoiselle jai des regrets
Des trucs pas très chics que jai fait
Une odeur de rhum
Qui colle à la peau comme un homme
Je crains den savoir un peu trop
Lamour aura ma peau
Je crains den savoir un peu trop
Lamour aura ma peau
Mademoiselle jai des frissons
Je tremble pour un oui pour un non
Un Smith et Wesson
Qui colle à la tête comme un homme
Mademoiselle jai mes raisons
Une foule de questions de prénoms
Le filtre des Winston
Qui colle aux lèvres comme un homme
Je crains den savoir un peu trop
Lamour aura ma peau

三人行，必有伤情

1

梁正与未来夫人陈蓉是彼此的初恋，两人的公司仅仅隔着一条街。

梁正做产品营销，陈蓉任职财务部门，两人恰巧租住在同一小区，便经常结伴上下班，你来我往，渐渐熟络起来。后来因为共同出席一次朋友的婚礼，两人正式建交，但那时候的关系仅仅是从陌路变成了朋友。

上海是一座外观奢靡、内部结构刚硬冷漠的大城市。初来乍到，无论是生活还是工作都充满了未曾预料到的坎坷。

有一次梁正不幸偶感风寒，最终恶化成了肺结核，被隔离观察，身边无人照顾，是陈蓉自告奋勇，挺身而出，成天戴着面罩、口罩往返于医院与单位之间给他端水递药。

那时候的梁正只是一名道路不清、前途未卜的小青年，和众多潜质尚未被开发的劳苦大众一样，勉强维持着一份并不合乎心意的工作。生病期间，陈蓉的万般照料让他亲身体会到了阳春三月的温暖。世间尚有真爱在，人在身心脆弱的时候最容易产生依赖。

果不其然，在梁正出院第三天，他们的恋情正式展开。

陈蓉生长在安徽安庆周边的农村，毕竟是乡下走出来的姑娘，骨子里充斥着地域环境造就的自卑感。这如影随形的自卑确是与生俱来的，特别是到了上海这样的繁华都市，现实落差将那些不必要的伪自尊急剧放大。

她购买各种各样价格低廉的劣质化妆品，学着收入两万的姑娘买低仿版普拉达包包，全然无用的高跟鞋添置了十几双。她将男朋友看得很紧，不允许他应酬过多，不允许他与其他女性有过多来往，不允许他十点之后回家……

梁正升职，换了新款智能手机之后，将旧款给了她。那只旧手机上有他所有朋友及同事的电话号码，一旦梁正的手机没电或因突发状况临时罢工，陈蓉就会在第一时间将旧手机上的号码从头到尾拨一遍，挨个儿询问："梁正不见了，他有和你联系过吗？"

也有交往甚深的好哥们儿问过梁正，难道不觉得生活像是被套上了枷锁，毫无自由喘息之地吗？梁正却答得轻松——个体独占欲人人都有，这不正是她在乎我的表现吗？

不过，按照正常数据统计，令人窒息的情感关系都不会持续太久。

果然，好景不长，陈蓉以自己专业管账为由，要将梁栋的工资卡占为己有，但梁正一句坚决如铁的"不同意"，令两人之间积累已久的矛盾逐渐显山露水。再往后，三天一小吵两天一大吵成了家常便饭。梁正觉得疲惫,却有苦说不出来。

梁正干了四年半,公司高薪聘请来一位工作经验极丰富的女同事,说希望在她的带领之下能够快速提高营销组的整体业绩。这姑娘行事利落,举止大方得体,毕业之后都在某世界百强企业任职。大会上,经理郑重地宣布本月要新同事与梁正联手负责新产品的宣传推广项目。他们当众礼貌问候,相约午饭时间一起去街拐角的咖啡厅坐坐。

这位新同事,就是之后与梁正产生了千丝万缕必然生命联系的薛淑仪。

这姑娘最大的能耐就是,懂得示弱,善于倾听。梁正庆幸自己全然不费功夫便得到了一位玫瑰色好知己,薛淑仪直言男女搭配,干起活来不费力气。

接下来的一个半月,梁正借着联合工作的缘由在单位待得越来越晚。陈蓉打电话,他挂断,后来干脆关成静音,事后要么解释忙于手头工作,要么就是说领导正在下达命令。显而易见,老板是最强有力的挡箭牌。

要说梁正工作繁忙倒也属实,但晚上八九点业务基本就能忙完,然后两人靠在茶水间的懒人沙发上喝杯热茶聊聊天,再之后薛淑仪干脆将自己每日作为晚餐的便当多添了一份。梁正性格内向温和,其实并不特别善于言谈,可玫瑰色知己总是耐心倾听,且乐此不疲。

终于,在一次因燃气费而引发的激烈争吵之后,梁正冲破陈蓉以爱为名搭建起的层层重围,冒着滂沱大雨毅然决然地拨通了薛淑仪的电话。

薛淑仪提前站在社区外的便利店门前等候,她撑着宝石蓝色碎花雨伞,用一条暗红色羊绒披肩将身子松松裹住。梁正只身出现在街拐角的时候,她正站在雨中怀抱干燥的深棕色浴巾瑟瑟发抖。他大步跑上前去抽出雨伞,顺势将她半圈入怀中。在梁正的眼中,薛淑仪俨然一只被滂沱大雨打湿了绒毛的柔弱小动物。

雨越下越大,薛淑仪一面蜷缩着身子,一面踮脚将那块浴巾往梁正头上裹。瞬息之间,一种从未出现过的幸福感觉从头至脚袭遍他全身,那感觉来势汹汹,如同洪水猛兽。

2

这是相恋多年以来,陈蓉第一次被梁正的理直气壮震撼住。她气得直跺脚,泪水如同泄洪一般止不住地往外涌。是梁正一而再再而三的妥协与忍让造就了陈蓉的飞扬跋扈,她对着楼下渐行渐远的背影狂声叫骂,看着那个身影一往无前、绝不回头,转眼她又精神失控似的冲进书房高高举起他的笔记本电脑摔在地板上。

要知道,这电脑本身的意义对于梁正来说非比寻常,因为那是前一年父母亲手送给他的生日礼物。当然,这也算得上整套用二手旧物拼凑起来的二手公寓中最最值钱的东西。

陈蓉在失去理智的时候很可怕,吵起架来也常是歇斯底里,口不择言。

四十多分钟过去了，闹剧接近尾声。无人捧场，无人叫好，只有瓷器混杂着自尊与遗爱的残片，静静地在地板上绽放出丑陋的花。

在这期间只有过一位观众，不是折返回来的梁正，也不是飞越枝头凑热闹的雀鸟，而是住在三楼的上海老大妈。她拄着拐杖，一步一个趔趄地缓移上来，轻声敲门，只见蓬头垢面、满脸泪痕的陈蓉出现在面前。她向后退了一步，半眯着眼睛，颤颤巍巍地说："姑娘啊，你整理家务能不能轻一点儿？我家老头子有心脏病，你在上面咣当来咣当去的，我一直都拿着电话随时准备叫救护车啊！"老太太讲起话来很费力气，弓着个身子说一句喘三口气。

"他住不住医院关我什么事啊？我老公跑了怎么没人管啊？"接着，只听砰的一声，大门冷酷无情地被重新反锁上了。

伤身伤心不伤脸！陈蓉将腿叉得老开，脸上贴满黄瓜片，双手叉腰守在卧室的窗前。要知道，这可是观察敌情最有利的位置，整个公寓一个阳台六扇窗户，恰恰只有这一面是正对小区大门的。她哭得有些累，红肿的眼眶与狰狞的面目更进一步衬托出了她高高的颧骨。

她从餐桌上拿起手机，朝着那串熟记于心的号码一通狂拨——对不起，您拨打的用户暂时无人接听……

她再拨——对不起，您拨打的用户无法接通或不在服务区……对不起，您拨打的用户已关机……

真是一波未平一波又起。她双手颤抖着翻开手机通信录，名字索引从A到Z依次排开。过滤掉上海以外的，过滤掉父母亲戚的，过滤掉多年不联系的老同学的，这么算下来，足足有六十八通。陈蓉尽量使自己情绪稳定，听上去风平浪静。

"您好，我是梁正女朋友，我联系不上他，请问他和你在一起吗？"

"哦，不在，我现在在深圳出差。"

"没有啊，我去年跳槽，和他很久没有联系过了！"

"嫂子，又和正哥吵架了？别生气，我改天帮你说说他……"

"您好，这里是新开元医疗用品有限公司……"

"你是说小梁啊，我是他经理，这不在工作时间内，我也不知道啊！"

……

没有！没有！还是没有！陈蓉有气无力地瘫坐在地板上，泪眼婆娑，任手机滑落一旁。

倘若换作之前，就算两人怒气冲天、大打出手，梁正也不敢摔门离去，可是这一次，他怎么就拥有了气壮山河般的磅礴阵势呢？

陈蓉想必是猜不到的，因为这个梁正早已不是她的专属。从与薛淑仪联手做项目的那天起，或者将时间轴再往前移，从那姑娘一脚进入公司的那天起，梁正便多出了一条用来排忧解难、以备不时之需的退路。

雨声渐渐缓和下来，却全然没有要停的意思。陈蓉心头的狂躁暴怒逐渐转变为此起彼伏的担忧，她像是一只泄了气的皮球，自尊坍塌，气焰熄灭。她有些后悔，后悔因为四块钱的燃气费生气，后悔自己将生活中的种种小事通通安装上抱怨的按钮。她也不知道自己什么时候变成了现在这副鬼样子,患得患失,不懂得讨好示弱,时刻捧着一颗庞大却廉价的自尊心。她害怕梁正真的撒手走人,因为她认定自己除他以外再也找不到如此温和的好伴侣。

夜幕在雨滴亮闪闪的点缀下就要开启。陈蓉在内心甚至苦苦哀求起来:梁正,你不要生气了,快点回来好不好。晚饭我们吃你最喜欢的臊子面,你看,我是那么那么在乎你……

前方是唾手可得的红颜香闺,后方是想要逃离的黑暗虎穴,若是你,你会怎么选?

薛淑仪租住的社区看起来确是高档很多,公共设施一应俱全,大面积的人工绿地尽在眼中。她的公寓在绿地牛排馆对面的三号楼,转角就是一间名叫黑色蘑菇的咖啡屋。

电梯在十五楼停住。薛淑仪向左转,打开房门,然后招呼梁正进去,只见一双半新的男士拖鞋已经提前摆放在脚毯上了。

"房子真不错!你是一个人住吗?"梁正俯下身子解鞋带的同时,随口问了一句。

"哦,是啊,一个人住。就是偶尔会有好朋友过来小聚,一年半载的家人也会来。"薛淑仪说着,目光掠过脚下的那双拖鞋。

"对了,认识这么久,还没问过你是哪里人!"梁正一只脚踩进鞋里,抬了抬身子。

"老家河南。"

薛淑仪先行进屋,从卧室拿出一套干净睡衣要他换上:"湿衣服脱下来,我去帮你烘干。"又递给他干净的毛巾,"雨水擦干净,不然会感冒的!"说着便做示范般啊嚏一声。

第四章 开往远方，请带上我们的爱情

梁正将衣服换好，从卫生间走出来，刚好撞上路过的薛淑仪，她从厨房出来往客厅走，手上端着一只托盘。梁正仔细一看，是两碗放了红糖的热姜汤。他很熟悉这个味道，因为女友陈蓉在每个月身体不适的那几天里，总会熬上一大锅。当然，有时候他也会跟着一起喝。

"好像有点儿小，没办法，你也只能凑合凑合了。"薛淑仪指了指梁正的胳膊，"袖子也短了。"

毕竟不是自己的衣服，穿在身上多少有些别扭。梁正想要开口问些什么，却终究没有问出口。

薛淑仪将杯子放在桌上，抽去托盘置于茶几下层，抬手指指阳台上的小方桌："坐那儿聊天更惬意，可惜今天下雨，全都淋湿了。我平时在家学习、办公一般都坐阳台上，太阳懒懒地晒着全身，别提多舒服了！实在困得不行就上床闷头睡一觉，或者去楼下的小店要杯咖啡继续赶工。"薛淑仪说着便端起杯子喝了一口，梁正注意到了她抬手撩起碎发的小动作，那动作实在迷人极了！

"对了，你刚刚路上没说完呢，和你女朋友出了什么问题吗？"一小段空白过后，她重新提起话头。

"没什么，就是觉得很烦。她人挺好，这么多年来把我生活的方方面面都照顾得一丝不苟。可能问题出在我自己身上，工作压力大，回到家坐到电脑前面就不想说话，越来越少地顾及她的感受，一出问题就冷处理，我越是不说话，她交流的欲望也就越强烈，所以次次都是以争吵收场。"梁正始终低着头，一副无可奈何的样子。

薛淑仪从他的话语中没有听出一丝一毫的控诉，反而是深深的自责。她突然觉得眼前这个大男孩儿的确有自己的苦衷，她恻隐之心发作，觉得自己完全可以对他再好一点儿。

"这样破罐子破摔的处理方式可不好！再说，一个巴掌拍不响，问题又不全在你一个人身上。你女朋友的脾气应该也不怎么温和吧？"薛淑仪说到"女朋友"这三个字的时候，刻意去看梁正的脸。

她在寻求一个答案，或者说，是在确认这个称谓的牢固性。然而在那张愁眉不展的脸上，全程只刻着四个字——疲惫不堪。

"这样下去肯定是不行的，她会疯，我也会跟着崩溃。现在我一想到回家就全身难受，看到她满是哀怨的脸就有一走了之的冲动。"

"那就试着离开啊！相处久了彼此之间秉性暴露，发现对象不适合自己，勉强步入婚姻反倒是伤人伤己！这个时代恋爱自由，选择结婚对象的余地大了很多，说不好听点儿，为什么一定要画地为牢，委曲求全呢？"梁正的焦虑正中薛淑仪的下怀。像她这样的女人，职场上争强好胜，生活中的掠夺之心和占有之欲也不可能完全没有。

"不是画地为牢啊，是我和她在一起这么多年了，怎么说都得负点儿责任吧。可问题是，现在心甘情愿的事情越来越少，觉得这份感情拖得我都快走不动了。"梁正说着，痛心疾首般将头抵在膝盖上。

薛淑仪不再接话，只是坐近了一些，她感同身受一般，一言不发地陪伴在他的身侧。

3

窗外的雨越下越大。陈蓉将玻璃和陶瓷的碎片收拾干净，去楼下超市买了还算新鲜的蔬菜，一头扎进厨房忙活起来。她一边剥葱一边暗暗想着，不管发生了多么激烈的争吵，他总还是要回家的。

陈蓉是南方姑娘，梁正是北方汉子。他们之间的障碍不仅仅是日常交流，还有饮食习惯。梁正喜欢吃面，可陈蓉偏偏粉面不沾。一年到头除了煮几次方便面做夜宵之外，两人基本上天天吃米饭：蒸米饭、炒米饭……而且南方菜式偏甜，梁正怎么都吃不习惯。可陈蓉吵吵着要做啊，那梁正也只好跟着将就。这一两个月还行，三四年下来确实够呛。

"你就不能给我煮碗面吗？这么方便！凉水烧开放几片菜叶！"

"我从小只吃米饭，面条就是吃不惯！难道我煮了米饭、炒了菜，还要给你下面吗？多费事儿！"

"那我从小还只吃面条呢！能不这么自私吗？"

"我自私？我天天给你做饭我还自私了？好啊，以后我做我的，你吃你的，喜欢什么自己煮去！"

"……"

诸如此类的争吵不在少数，梁正觉得身心俱疲，因此有将近半年的时间两人处于同一屋檐，但伙食却是分开的。

然而就在这个大雨滂沱的傍晚，就在梁正离家之后，陈蓉像是良心发现了一般，绞尽脑汁做了一碗地道的油泼面。不仅如此，她还破天荒地炒了几道味道偏辣的小菜。

她坐在厨房一角的餐桌前，抱着水杯，两眼直勾勾地盯着天花板。她觉得呼出的气体如同游丝一般，整个宇宙变成一个巨大无边的黑洞向自己扣来。在那面伸手不见五指的黑墙前面，她看不见现在，更看不见未来，只有一个模模糊糊的影子向着不为人知的黑暗腹地缓慢行进。

4

过了十多分钟，梁正拖着狼狈不堪的背影走进阳台。"能抽支烟吗？"他缓缓转过身。

薛淑仪二话没说从储物柜里拿出一个一尘不染的叶子形水晶烟灰缸，一并递上的，还有条厚厚的羊绒毯："这个要披在肩上，那衣服是夏天穿的，太薄了，会着凉。"

梁正谢过她，从口袋里掏出一包芙蓉王，点燃，半拉身子架在扶栏上，头和胳膊都冲着下方随意耷拉着。他从左面转身，看看坐在沙发上眼帘低垂的玫瑰色知己；从右面转身，看看这几年走过的爱情之路。随着上升至头顶的袅袅青烟，两个词从心底奔腾而出，一个是"误入歧途"，一个是"一败涂地"。

梁正站在十五楼用双眼摩挲着这座城市的脉络，不想却苦苦地笑出声来，忽然仰头望天，满脸潮湿，分不清是雨水还是眼泪。

良久，薛淑仪不动声色地走到他的身边，递上纸巾，执意扶他进屋。梁正毫无挣扎，重新坐回到沙发上，薛淑仪欲起身，却被他一把拉回到了座位上。

"淑仪，我这几年过得特别累。"

"我懂，以后你要是再觉得累，就过来。虽然大道理我不会讲，但工作之余，也能陪你喝喝茶、聊聊天什么的。"

她不敢轻举妄动，只好保持缄默。他的周身散发着雨水和泥土混合而成的芳香，青灰色的胡茬儿装点着沧桑的下巴。他的表情严峻而坚定，就像是在做着什么艰难的抉择。她始终温柔相待，那两排善解人意的睫毛因不安而上下翻飞。一座人心空旷的城市，两颗因孤独而相逢的灵魂，缠绵悱恻的预演，一触即发的狂欢……

就在那一天，这段不可言说的故事顺理成章地上演。

5

饭菜热了一遍又一遍，梁正的电话却怎么也打不通。后来，陈蓉干脆将锅盖一扣，起身移至客厅的沙发上，一面紧紧攥着手表，一面竖起耳朵注意楼道里的响动。那姿势也不知道僵持了多久，她整个人栖身于大面积深不可测的黑暗之中，时间好似都放慢了前进的动作。

咔嚓，锁眼转动的声音响起。平躺的人影一骨碌从沙发上翻起来，大灯亮起，梁正出现在了大门口。他刚抬眼便注意到了站在沙发前面的陈蓉，稍含诧异的目光一掠而过，接着像个没事儿人一样往卫生间走去。

陈蓉抬脚追了上去:"怎么这么晚?你到哪里去了?不是说好十点之前回家吗?"

没想到吵架过后一直默不作声的梁正突然开口:"什么十点之前?收起你那套对付小孩儿的破规定行吗?"

陈蓉当场愣住了,不过一句出于担心的询问而已,他不回答也就算了,用得着像吃了炸药似的吗?

梁正钻进卫生间,用力甩上了门。陈蓉站在原地不知所措,只好上前两步贴着门缝说:"饿了吧?我做了饭放在厨房,现在去热一下,你换了衣服直接过来啊!"

等了一下,里面没有传出任何声响。在陈蓉看来,这举动算是默认,也算是原谅。她欣欣然地将饭菜依次放进微波炉,那碗面条没法加热,只好重新泼了一次油。

饭菜上桌,碗筷摆好,等了好一会儿梁正还没来,她便进卧室去叫,结果一推门,发现梁正穿着睡衣钻在被子里,已经睡得很熟了。

陈蓉的怒火再一次熊熊燃了起来,她操起枕头砸了下去:"不是明明说好吃饭的吗?都给你热好了你却过来睡觉!说,你是不是故意的?老娘凭什么伺候你?"

梁正一把抓过枕头往地下一扔:"不想伺候就滚!我也没求你怎么着!我睡个觉怎么了?我明天还要上班!这房是我租的,大半夜的你不嫌丢人,我还害怕惊扰到邻居!要闹滚出去闹!滚!"说着便怒气冲冲地下地,抱着枕头和被褥来到了客厅。

一天之中发生了这么多不可控制的事情,陈蓉明白,两个人恋爱关系的建立很难,恶化却是相当容易。她躺在床上用枕头蒙住头不停地哭泣。她觉得自己很可怜,一无所有地来到这座城市,苦恋一场,又将一无所有地离开。

从那之后,梁正出差的机会越来越多,在家待着的机会也越来越少。说是出差,其实半真半假,有时候的的确确是应老板之意在天上飞来飞去,而有时候,却是按照薛淑仪之意在她家里飞来飞去。

他们一起买菜、做饭、品茶、谈天,当然,一切都是在暗中进行。若是不知情者看上去,俨然一对模范好情侣。而令梁正更觉欣慰的是:眉目善良的薛淑仪从来不提有关陈蓉的任何事情。他们在单位公事公办,私底下相处得游刃有余。随着一个又一个联手项目的顺利完成,渐渐地,经理将他们定义成了最佳合作拍档,同时更多能够一起工作的机会纷至沓来。

陈蓉继续费尽心机万般纠缠,梁正却变换了姿态——你爱闹就闹,我坐视不管;我越来越不确定最终能够走到一起的会是谁,也只好等你闹够了再做进一步的打算。梁正显然是被薛淑仪的蕙质兰心融化了,干脆等陈蓉跳得再高一些,闹出的事情更大一些,如此一来,他也好将错就错。

一边是相恋多年的正牌女友,一边是半路杀出的玫瑰色知己,情感的天平陡然倾斜,梁正也觉得疼,毕竟手心手背都是情。愧疚感最初也是有的,可经过陈蓉三番五次的吵闹,他只想伺机逃脱。那就静观其变吧,看时间究竟能够带来或带走什么。

6

一个周六的晚上,陈蓉临时被公司派往南京出差。梁正越看电视越感觉寂寞难耐,于是自作主张在市中心的24小时花店买了一大捧玫瑰,准备给薛淑仪来个突如其来的小狂欢。他提前没有任何告知,走到黑色蘑菇咖啡店门口,才假模假样地发了条短信:"今天很累,睡了,晚安。"

不出半分钟便接到了回复:"好的,晚安,想你。"

梁正一眼便从那字里行间读出了玫瑰色知己对自己的想念,他兴高采烈地一口气升到十五楼,然后靠在门廊上就地摆出潇洒无比的姿势,这才一手用包装纸遮住猫眼,一手按响了门铃。

就在梁正满怀喜悦的时候,一个穿着睡衣的年轻男人出现在了他面前。他吃了一惊,连着朝后退了两三步。梁正以为自己敲错了门,顺口来了一句"对不起",紧接着环顾四周,查看贴在电梯口的楼层数。就在他心烦意乱的时候,那男人的形象重新滑入了他的视线。那套睡衣,和之前薛淑仪要自己换上的那套几乎一模一样,唯一不同的是:这个男人穿起来,却是那样合身。

梁正的大脑瞬间停止了运作,他眼睁睁地看着期盼已久的爱情美梦瞬间幻化成了一个盛满谎言的大窟窿,转瞬即逝的头晕目眩一阵阵袭上脑门。他想要推开面前的这个男人,进屋去看看到底是怎么一回事儿,他宁愿相信眼前的一切仅仅是一场用来惩罚自己的噩梦!

就在这时候,那道熟悉到不能再熟悉的声音从里屋传了出来:

"大兵,是谁啊?"夹杂而来的,还有嗒嗒嗒趿拉着拖鞋的响声。梁正拔足欲逃,却被一股莫名的力量定在了原地,无论如何也动弹不得。

薛淑仪走到门口,身上穿着件真丝睡裙,衣摆拖至脚踝,香肩小露。那满是好奇的目光扫过梁正涨得通红的脸颊的时候,像是遇到了迎面阻碍一般狠狠刹住了。她故意不去理他,随即转过身让那个叫大兵的男人先行回屋。

羞耻感极速上涌,此时此刻的梁正不需要解释,不需要安慰,亦不需要装满同情与嘲讽的虚假问候。他只需要被眼前这个在二十四小时之前还与自己亲密无间的女人一巴掌扇醒,而后开着玩笑往他怀里钻:"亲爱的,这不过是一场虚幻的梦境。别担心,一切都还在按照正常轨道继续前行。"再或者,他想瞬间拥有绝世武功,三下五除二凿出个地洞钻进去。

梁正突然觉得当下发生的一切都很是讽刺,而眼前的这对狗男女也相当刺眼。他原地站着,手捧玫瑰与那个叫大兵的男人四目相对。很显然,看大兵的表情,他也想不出个所以然来。薛淑仪挽着那男人的手臂,背过身去小声讨论着什么。梁正不知道,他也不想知道,这一切的一切在现在看来是那样龌龊——自己的举棋不定、薛淑仪的左右逢源,以及大兵咄咄逼人的眼神。

梁正觉得自己真是个狼狈不堪的可怜虫,硬生生成为这段肮脏关系的见证者,成为与薛淑仪毫无关联的局外人。他利落地转身,迈着强劲有力的步伐直直走向电梯,身后的窃窃私语逐渐明朗,被穿堂风送至耳边。

"大兵你别想太多,他是我们单位的同事,一直想追求我来着。咱俩在一起这么多年,你可要相信我……"

整整两个多小时,梁正坐在绿地前的马路牙子上。他仰头望天,唯有满地烟头能够解释他刚刚所经受的羞辱与痛苦。他打开手机重新翻看薛淑仪不久之前发出的消息,好一句"想你",好一句刺耳又毫无廉耻的"想你",梁正一气之下将手机抡在了不远处的草坪上,等到怒气消去过半,又重新捡回来。

尝试开机,翻开通讯录,第一个映入眼帘的,竟然是陈蓉。他看着这个再熟悉不过的名字,盯了很久很久,他不由自主地去想,想他们的曾经,想他们的相遇,想他们的开心与痛楚。就算生活再困难,就算矛盾再多,这个相濡以沫多年的女人也未曾离开自己半步。

嘟嘟的等待音响了五六声依旧无人接听,重重的失落感捶打着梁正的内心。就在他打算撂下电话的时候,电话那头响起了陈蓉半梦半醒的声音:"喂……"

"哦,没事儿。我就是问一下你有没有安全抵达。"梁正的声音很小,小到连他自己都听不太清。

"八点半就到了,去夜市吃了点儿东西。我刚刚睡着,明天早上要去公司。这么晚打电话,是不是家里出什么事了?"陈蓉的声音明显紧绷了许多。

"没什么,就是给你打个电话。这边一切都好,你放心。那……你继续睡吧。回来之前说一声,我去火车站接你。"

"……"

"挂了。"梁正将烟头在地面上摁灭,抬头朝着身后的高楼望了一眼,万家灯火如同幸福的海市蜃楼一般。他站起身,拍了拍腿上的灰尘冲着那浓黑的夜色走去⋯⋯

7

你们以为这份夹杂着爱恨情仇的恋情能够就此打住吗,以为只因玫瑰色知己的一次小小的失误就能令梁正望而却步吗?

别逗了,人心远远不止想象中那般单薄,不是吗?

的确,打从薛淑仪看似板上钉钉的背叛如电影桥段般实实在在展播于眼前的那一刻开始,沉重的自责、愧疚、愤恨以及想念如同恶灵一般将梁正牢牢锁住。偏执与压迫截断了他整个神经,它们在谎言与事实之间不断变换位置与姿态,陈蓉始终是那只被风尘鞭打的迷途羔羊,而薛淑仪俨然成了手持神秘魔盒的潘多拉。

一整夜的角色转换就要将梁正的意志消磨殆尽,他在清醒无比的辗转反侧之中告诉自己,也许看到的并非真相,也许薛淑仪有难言的苦衷,只是来不及告诉自己。他想啊想啊,无数积极的猜测与消极的预演如同野蜂一般涌入大脑。

后来,他甚至责怪起自己来,不应该自作主张夜闯香闺,更不应该像个好事之徒那般观赏完眼前发生的一切,再往前追溯,他本就应该安于现状,缩在壳中,和陈蓉重新搭建那个久违的美梦。

可他宁肯被这些丧心病狂的臆想折腾得焦头烂额,也不愿停下,因为他心里清楚,就算仅仅暂停半秒,因薛淑仪而起的那些怨恨、想念、祈求以及不舍也要侵蚀他的血脉,将他折磨得体无完肤。

那天晚上,梁正彻夜未眠。他坐在窗台上向楼下的水洼里望,一阵沉思后顿悟:人在遇到欺骗或背叛时,第一反应并非抱头痛哭或自我安慰,而是咬紧牙关不去相信,紧接着以自己的主观意识为基准,做出假设并反复论证,尽量避免自身被谎言所伤害。

8

本以为这件事之后薛淑仪会请长假或辞职不干,结果之后事情的进展却大大出乎了梁正的意料。

第二天早上,经理通知召开部门会议——关于新产品的发布以及企划案。梁正整理好手头资料,头顶大鸡窝,兜着一双半眯半睁的桃子眼按时按点地出现在了十楼电梯的拐角。他快步踱过走廊,将脑袋尽量往低里埋,远远看上去,鼻头都要撞上喉结了。

可无论梁正怎么掩饰,近处的一位同事还是在最短时间内发现了他那一脸倒霉相。有了第一个就有第二个、第三个、第四个……很快,一条过道走下来,整整齐齐排列在路两边的同事纷纷向他投来慰问的友好目光。大家勾着脖子,或嘀嘀咕咕,或小声讨论着什么,想要探究内情,却因为气氛不对,只好在原地按兵不动。

梁正一边说着"不好意思",一边刻意避过人群,在立着绿色植物的角落里面墙而站。良久，有人从背后拍了一下他的肩。

转过身，他发现是好哥们儿胖子："怎么了兄弟，又和媳妇儿干上了？别介，她们是女流之辈，咱可是大老爷们儿，得让着点儿不是？混世道不容易，现在就这样，结婚以后还怎么对付啊？"说完眨眨眼，就若无其事地拐道往厕所走去。

这话可是重力度地刺伤了梁正的自尊心，他哑口无言地站在那儿，一句"谢谢"都道不出来。

胖子是老北京人，在技术部门工作，他满口叫嚣着"东来顺""全聚德"，人却租住在不到二十平方米的小破阁楼里，虽然为人确实仗义，但成天到晚一副油嘴滑舌、吊儿郎当的大爷模样。胖子的口头禅是"活得长不如活得爽"以及"想跟爷聊，话不投机半句多"。梁正也是北方人，他们之间没有南北障碍，交流起来自然顺利很多。

胖子是梁正的好哥们儿，也和陈蓉一起吃过几次饭。因此只要梁正失踪，陈蓉拿起手机第一个就会拨给胖子。偶尔吵架的时候胖子也会出面劝阻，但后来看劝来劝去没什么意思，也就罢手不管。

"毕竟不是自己家的事儿，无论站在什么角度都不太好说。哥们儿，以后再遇到这事儿也别心烦，你就直接出来，找我陪你喝喝闷酒。"

梁正觉得在这样一座浮夸都市里能拥有胖子这样的朋友真是幸运啊，不仅体格看起来靠谱，办起事情也相当靠谱。

就在梁正装模作样，手捧一小摞文件痛定思痛的时候，一道娇柔而熟悉的嗓音晴天霹雳般砸了过来："哦，经理马上就来了，那……我们先进去坐。"

梁正不敢相信自己的耳朵,唰一下就扭过了头。电光石火之间,正好撞上那双伏击已久的琥珀色瞳眸。他周身一紧,资料差点儿从颤抖的手臂中滑落。

梁正索性完全转过身子,正大光明地盯住那个女人的双眼,久久的,就快要认不清她的样子来。她微张了一下瞳孔,唇齿轻咬,那里面盛着期待,盛着恐惧,盛着怯懦,却唯独少了一种叫"愧疚"的东西。

少顷,梁正转身要走,却被薛淑仪一个箭步拽住了手腕——

"哎,"她轻唤一声,"等一下。"

双眼已然被谎言蒙蔽,他执意离开,只因摸不到那颗深埋在虚伪表象之下的心。他一把甩开她的手,还没踏出步子,却被她再一次拉住。

"这里是公司,请你注意一下自己的言谈举止好吗?虽然我不是什么有头有脸的人物,但起码的面子还是需要的!"梁正说着,抬眼环顾四周,好在大家都在做会议前的准备,没人注意到这边发生了什么。

"你先别激动,听我解释好吗?"薛淑仪的话语里有深深的不甘,以及浅浅的哀求。

"事已至此,你最好什么都别说!因为从你口中吐出的每一句话,听起来通通都是罪过!你现在唯一要做的,就是远离我的视线,还有,别再触碰我的生活!"梁正将声调压得尽可能低,这倒是可以理解,做贼哪里会有不心虚的?

薛淑仪正欲反驳些什么，一抬头，经理却出现在了走廊的另一头。她立即放手，退后一大步，梁正明显一愣，跟着抬起了头。

"下班以后我在茶水间等你，给我一次机会解释这件事好吗？"薛淑仪不依不饶地苦苦哀求，说完便转身往会议室走。临走的时候，还留给梁正一个转瞬即逝的委屈背影，那样子，像极了一个受尽欺负的高中女生。

一场会议，梁正基本没怎么听。偶尔看一眼坐在对面的薛淑仪，她也戴着一副万般苦涩、无精打采的大面具。

讨论结束，任务下达，会议散场。梁正神色严峻地从经理手中接过那份满负众望的策划书，一个谈不上沉重也说不上明快的抉择在心中暗暗落定……

9

天已经黑了，陈蓉只身一人从大巴站走出来。她左手拉着行李箱，右手提着一包横跨过整个城市的新鲜蔬菜，想着让梁正一进家门就能吃上热饭，便加快步伐往公交站赶。考虑到他事务多，工作繁重，她便没有按约定事先通知。

下午六点半，同事们差不多都走完了。梁正以加班赶进度为由，搪塞住了一张又一张好奇的面孔。他捧着水杯和一颗视死如归的心，毫无半点迟疑地走进茶水间。拿到那份策划的时候他就已经想好，死也要死得其所，绝不能稀里糊涂！也许，只是也许……也许还有峰回路转的余地。

彼时,薛淑仪已经在懒人沙发上坐好了。她身体僵硬,双目紧闭,好似就要宣布什么重大的事情。

梁正无意上前惊动她,仅仅靠在门楣上。要是没有昨天那出演技拙劣的苦情戏,此时他们应该还和往常一样吧,一边喝茶一边聊天,吃着她精心制作的便当,她的头时不时靠在他的肩上。

多美好的回忆场景,此刻却变得这般千疮百孔。

等了十多分钟,薛淑仪依旧没有任何动静。梁正着手沏了一杯龙井,站在她面前轻咳一声。沙发上的睡美人瞬间醒了过来,她向后拢了拢头发,睁眼望见站在面前的男人:"哦,我不小心眯着了。"她的语气甜腻而平和,就像是什么也没有发生过。

"要说什么赶紧说,我等着回家。"梁正没好气地甩过一句话。

薛淑仪挪了挪身子,轻拍沙发:"你能不能先坐下?"梁正不耐烦地叹了一口气,接着便重重地坐了下去,朝外侧挪了挪。

"昨天晚上的那件事……我很抱歉。"伴随着一个俗套的开场白,薛淑仪缓缓开口,"其实我也不希望那样的事情发生,可是……"

"拣重点说!"梁正端起茶喝了一口,厉声打断她。

"我很在乎你,也喜欢你,这是真的!"薛淑仪的情绪突然有些激动。

"别再编了,不觉得累吗?"梁正将杯子用力往脚边一搁。久久地,薛淑仪不开口,梁正也不罢不休,提高声调重复了一遍,"那男的是谁?那个叫大兵的男人是谁?赶紧说!"

第四章 开往远方，请带上我们的爱情

"大兵其实是……"薛淑仪深深吸了一口气，这个间隔，也将梁正的心脏提到了嗓子眼儿，他屏住呼吸，等待着那个一针见血的字眼。

"大兵是我男朋友。"她毫不留情地将答案一语道破，稍做补充，"我们两家定了娃娃亲，我们在一起十来年了。"

梁正从里到外僵住了，怔怔地望着她，像是飘忽在脱离了一切引力的外太空。薛淑仪一看没有什么继续隐瞒下去的必要了，也不去顾及梁正的惊异，干脆破罐子破摔，如实道来："我们生长在同一个乡镇，从小一起长大、一起读书。他对我百般呵护，就像哥哥对妹妹那样。高中毕业我考到了上海的一所二本院校，他却考到了万众瞩目的清华大学。分别的时候他向我的父母承诺，工作三年以后就娶我回家……"

梁正听着，却听得头晕目眩。他无心追究与自己毫无关联的旧情往事，只想将眼前的纷扰理清："隐瞒得够好啊！我对你家熟得跟自己家似的，怎么就没发现那儿还藏着一个大活人呢？"

"那儿只有咱俩，不是你想的什么大变活人。大兵在深圳的一家外企工作，两三个月才过来上海一次，有时候节假日也回来看看。"薛淑仪极力辩解，却未能令梁正动容。

他冷笑一声："所以你之前口口声声的亲戚朋友，说的就是他对吗？在这一切的一切发生之前，我们的关系建立之初，你怎么就没说过你还有一个相恋多年的男朋友呢？"

薛淑仪耷拉着脑袋，突然反问一句："娃娃亲，家里强迫的娃娃亲！他像是我的亲哥哥！在我心里他是亲人，跟爱情没多大关系啊!再说,你不是也没问过我吗?"

梁正只觉得血气上涌,四肢冰冷,原本已云开雾散的怒气顿时倒冲上了头顶:"你在怪我是吗?好啊,都怪我!怪我没有问清楚你是不是名花有主!怪我在你一开始意有所指的时候竟一笑置之!怪我相信你的那些个连篇鬼话!女人贪婪,我能理解。可这是欺骗!这是活生生的欺骗,你知道吗!"说到兴起,他拿起脚边的杯子便砸了下去,大团的茶渍在地上浇开了花,那形状看起来触目惊心。

薛淑仪很显然已经被吓坏了,她蜷缩着身子坐在沙发的边角,完全不知道这个男人接下来究竟会做出些什么。上一个杯子摔在地上,下一个杯子很有可能就会砸向自己。她想要逃跑,腿脚却粘在了沙发上一般,因备感恐惧而瘫软到不行。

梁正一口气讲完,整个人像是被抽空了一般,双手掩面,扶着膝盖重新滑回到沙发上。

时间被难以承载的苦楚拉长,幽幽怨怨,绵绵延延,仿佛漫过了一个世纪。

缄默,比黑暗还要浓稠的缄默。光阴一走一停,被窗外昏暗的天空打乱了节奏。究竟过了十五分钟,还是五十分钟?没有人在意,也没有人弄得清。

头顶的日光灯嗡嗡作响,闪了三四下之后,就啪的一下熄灭了。这黑暗来得相当及时,大面积的黑暗措手不及般向着四面八方延展开,眼前的影像戛然而止,四周的一切都如同猝死的浪潮一般。薛淑仪的身子猛地痉挛了一下,接着,阵阵凉意直击背部。她害怕，非常害怕。她扫了一眼摆在正前方的微波炉，《午夜凶铃》中的画面闪电般在眼前一划而过。

她缓缓抬头看向坐在沙发另一端的梁正，微弱而模糊的影像，明灭之间，仿佛隔着一片废弃了的灰色的海。

"梁正？"薛淑仪喊了一声，没有回应。等了几秒钟，她又喊了一声，"灯灭了，梁正你去看看怎么回事儿行吗？不然我们走吧，我有点儿害怕……"

看那影子没有任何动作，薛淑仪倾着身子试探性地往他那边凑了凑。他坐着不动，好似被冻住了一般。她伸手去碰他的胳膊，没有任何反应；拍拍他的背，照旧纹丝不动。

薛淑仪终于绷不住了。她干脆上前一大步，左腿撑地，右腿跪坐在沙发上，一边哭一边用胳膊环住他低垂的脖颈，她的力道很大，仿佛使尽浑身的力气。因为她怕他会一脚逃开，怕他会推门而去将自己只身留下——

"对不起梁正……对不起我欺骗了你。我错了，我真的错了……你可不可以不要不理我……我感到很抱歉，这样做不仅对大兵不公平，也伤害到了陈蓉！你原谅我好吗？只要你愿意，我们就做回普通朋友！"呜咽在空白的回应中逐渐演变成了号啕大哭。薛淑仪就好像一个犯了滔天大错的小孩子，在恶言厉色的惩戒之下抹着无可救药的眼泪。

梁正依旧深埋着头，就像是铁了心要与她誓死僵持到底，半个字都不肯吐露。好比一场错失了男主角的悲情独角戏，薛淑仪在痛哭流涕的自说自话中演绎着凄凉无比的大结局。

"你倒是说句话呀!"薛淑仪终于等不及了,她坐直了身子,想要扳起梁正的头问清楚他到底要做出怎样的选择。

"你出个声儿,就是骂我几句也行呀!"她伸出手往那深埋于膝间的脸颊探过去,一阵摸索,突然顿住,那遍布脸颊的滚烫泪水,片刻间灼伤了她的右手。

薛淑仪试图止住那眼角不断流淌的洪流,蹲下身,执意冲破那铜墙一般的双臂轻抚他的脸。梁正怔怔地望着她,迟疑了片刻,坚持与决绝不断坍塌……终于,连凛冽如铁的骸骨也被泪水冲了个无影无踪。

下班后空荡的茶水间,一场虐心大剧从黄昏一直持续到了晚上十点。

回到家,陈蓉已经先行入睡了。梁正去厨房喝水,看见满桌放凉了的菜和黏作一团的面条,就要落下泪来。他将它们一一放进微波炉里加热,然后全部吃掉。他洗漱、回屋、在陈蓉的身边躺下。他关上灯,在密不透风的黑暗中亲吻她的额头,然而那个淡淡的吻里装着的,没有爱怜,没有留恋,只有数不尽的"抱歉"……

10

好的电影,要求情节离奇,饱含戏剧性,然而好的生活却并非如此。

"那好的生活是什么样?难道就像那首歌里唱的,什么平平淡淡才是真吗？"胖子捧着手机，一边啃苹果，一边与哥们儿进行着城市东头到西头的秉烛夜话。

"你知道我不太会表达。但简单来说，好的生活就是：性格相容、价值观相符的两个人，用最琐碎的陪伴与支持，手牵手、肩并肩创造属于彼此的理想生活。"

"那你现在呢？有没有过上符合自己心意的好生活？"胖子想都没想便一口问了过去。这话就像是一颗威力十足的子弹，瞬间扼住了梁正的喉咙，他轻咳一声："哪有那么容易。好了哥们儿，快睡吧。"

的确，若真像说起来那么容易，世界上还会有难以掌控的喜怒哀乐和悲欢离合吗？与薛淑仪的关系，已然陷入了青黄不接的尴尬境地，梁正已经够累的了，不料没过多久，他与陈蓉之间也出现了五雷轰顶的严重问题。

11

周五晚上，梁正身心俱疲地回到家，钥匙刚刚放到玄关的柜子上便听到卧室那边响起一阵歇斯底里的叫骂。他吓了一跳，鞋都没顾上换，把包往沙发边一扔就跑过去看，没想陈蓉举着手机冲了出来。

她挂着满脸泪水，气急败坏地向着梁正一通咆哮："说，薛淑仪是谁？薛淑仪是谁？你不是喜欢在外面野疯吗，怎么还有心回来？跟你在一起这么久，还真没发现你会玩儿这出！没钱装什么大款，自己的日子都包不住，还学着人家包起二奶来……"

"薛淑仪！"原本眉目端正的一组汉字，从陈蓉口中爆出来，竟变成了三个威力无比的炸药包。梁正久久地站在原地，五脏六腑都已经被炸得稀烂。一个声音举着迎风飞舞的小白旗苟延残喘般在耳边盘旋："哥们儿，这下玩儿现了……这下玩儿现了……现了……"

高悬在梁正内心顶端的大石头陡然跌落，故意伪装在脸上的镇定全然掩盖不住声音里一词一颤的奇怪节奏："什么装……大款？薛淑仪是我们公司的同事，经理要我俩搭班做项目来着。"

虽然知道破纸最终裹不住烈火，但梁正还是觉得能拖就拖。瞒天过海的同时，他的大脑被迫风驰电掣般旋转起来，在此之前，他还真从未见识过，自己的思维竟然能够跳跃得如此迅速。

大大小小的猜测在他心里翻江倒海般做着反刍运动。他先是万般警惕地摸了摸兜里的手机，又抬头瞟了好几眼随着陈蓉的手臂在半空中张牙舞爪的手机。认识薛淑仪的时候他应该已经换了手机了吧，那部旧手机里又怎么会存着玫瑰色知己的号码？他用满脸毫不知情的无辜应付着陈蓉，心里却止不住打起画满问号的手鼓来。

陈蓉看梁正老半天给不出一个合理的解释，一个猛子跳上沙发，左手叉腰，右手指着他的鼻子："不承认是吗？打死都不交代自己做了什么事是吗？跟我在这儿打哑谜是吗？来看看，证据确凿啊，看你还往哪里躲！"一甩手，手机狠狠摔在了梁正脚边。他满腹狐疑地俯下身子捡起来，只见一条短信赤裸裸地在眼底铺展开来——

"陈蓉你好，我叫薛淑仪，很抱歉在这个时候发消息给你。我知道你是梁正的女朋友，也知道你们在一起很久了。我今天想说的是，对于我们给你造成的创伤，我感到抱歉。倘若允许，我甚至愿意倾我一生来偿还。他在乎你，这是事实，而我钟情于他，这也是事实。可是事到如今，我无法再隐瞒下去了，因为我怀孕了，孩子是他的。最后，我求你发发善心，放我们错误的感情一条生路……放我们的孩子一条出路……"

梁正快要疯了，他看着不远处半掩的窗台，胸中升腾起一股拉开窗帘跳下去一死了之的冲动。他千算万算也没算到慈眉善目的玫瑰色知己会闹上这么一出，什么善解人意，什么乐于倾听，什么"你爱我我爱你"，什么体贴入微，全是伪装；什么甜言蜜语，全是夸夸其谈！不就是女人间的爱情争霸赛吗？想不到的是，原本畅然、安然于其中的自己，如今却成了一文不值的牺牲品。

夜风在怒吼，陈蓉在咆哮。梁正觉得身体就要从中间劈开了！他强忍住满腔愤恨将那部旧手机往墙上抡去，然后烈风一般穿过客厅，用力甩上家门。

12

梁正坐在出租车里，任由车子从闸北开往徐汇，看这座钢铁森林中残留的暖光不遗余力般一闪而过。在外打打拼拼这么久，他曾灰头土脸，也曾面壁思过，事业上没混出什么名堂，却被两个女人绊住了脚。他恨他自己，恨自己而立之年一无所获，恨自己优柔寡断，只顾陷于儿女情长。

原本以为之前的一切忧虑，无论孽债良缘都将随着时间化解，不想薛淑仪竟高扬起头颅，以正义凛然般的姿态唱了这么一出。梁正伸手摸摸自己的脸颊，眼眶深陷，颌骨前倾，皮肤松弛，不知不觉间他已经老了。

他被蛮横无理的陈蓉折磨惨了，被面慈心黑的薛淑仪折磨惨了，被这个虚实不分的烂世道折磨惨了，被举棋不定、不懂取舍的自己折磨惨了。

如果平行时空可以任意穿梭，又或者光阴愿意怀着悲悯之心峰回路转，从头来过，也许一切不至于如此惨淡。

然而这个世界就是这般冷酷而残忍，它手把手教你用锋利的刀片剖开自己的双眼，看尽世间善恶的同时，还要忍受作茧自缚造成的血流不止。

一路奔波，他胸中的情绪随着奔流的血液潮起潮落。到了黑色蘑菇咖啡厅门口才停下来大喘了几口气。店门还没关，有情侣坐在落地窗旁，就着不明不暗的烛光缠绵悱恻。他们的影子瞬间勾起了梁正的惨痛回忆，他用力晃了晃脑袋，强行将那些喜乐幻影通通驱走，紧接着换上一副目光狰狞的面具，将一切不舍与柔情装进了那个带刺的壳。

走进底楼大厅，指示牌上写着电梯维修。他前脚歪头骂了一句，后脚便冲锋陷阵似的连滚带爬冲到了十五层。

没有任何预兆,也没有提前打好招呼。反正陈蓉那边目前是回不去了,如果薛淑仪不在,那他就蹲在原地死守,等到她回来为止。

这一路走下来,梁正的顾虑基本上已经消磨殆尽了。他一手扶墙一手狂按门铃,没人应答,便直接上拳头一通乱砸。因为是高级公寓,隔音效果不差,要是换作自己家,邻居们早就扛着菜刀和榔头,满嘴"捉贼"地冲出来了。

横冲直撞了好一会儿,房间内依旧没有任何响动,不会是畏罪潜逃了吧?梁正像只体力耗完的落水狗一般,身子瘫软,顺着房门滑坐在了脚毯上。

就在这时,背靠的房门突然敞开了。梁正妄图挣扎,却一个踉跄躺在了地板上。他勉强撑开双眼,半米左右的正上方,出现了薛淑仪妆容精致的面庞。这时候的薛淑仪正低着头,面带不易察觉的讥讽,像是观望精神病患者那样盯着他看。这多少透露着厌恶的目光,确实是令人难以忍受的。梁正拼命挣扎想要直起身子,却被她一句云淡风轻的话重新拍回到了地板上。

"怎么,洋相出尽,演出完毕?那就进来吧。我刚才一直在里面听你发疯来着,故意没开门,避免你在理智丧失的状态下伤及无辜。"她说着,还伸手指了指小腹。

在旁人看来,那只是一个稀松平常的小小动作,可是在梁正眼中,那既象征着威胁又代表着制约。他就像是被上了膛的火枪抵住了脑门一般,恐惧感回升,呼吸受阻。

话落,薛淑仪双手抱胸扭头就往屋里走。梁正从地上爬起来,紧随其后，讪讪地将房门带上。

房间里的一切都还是老样子——茶具的摆放位置、拖鞋的排列顺序、钟表嘀嗒嘀嗒的节奏、按照四分之三比例敞开的窗帘，甚至就连沙发面上印刻着主人身形的大小沟壑都依稀可见。虽说时过境迁，但就当下映入眼帘的种种而言，丝毫看不出有被外人打破过的痕迹。

真假难辨啊！梁正轻轻呼出一口气，感觉这个曾令自己心神荡漾、喜悦无边的小宇宙，此刻却成了一座被悲凉与伤感完全占领了的死寂世界。

茶几左下角，一张怀孕检测化验单四平八稳地躺着。梁正自觉地在它面前坐下，好像早就知道这座位是提前为自己专门定制的一般。他紧握着双手不敢上前，只好伸长了脖子一字一句地观望。这张单薄的怀孕证明瞬间化作一簇火焰，在他的瞳孔中肆意燃烧，稍微靠近便会将他灼至遍体鳞伤。

本是足以让整个家族狂欢的生命大礼，在梁正看来却变成了沉重的哀悼。它就像是一份悬而未决的病危通知书，随时随地等待着罪行宣判——监禁就要开启，自由即将落幕……

薛淑仪倒了两杯热茶，在沙发最靠里的一端坐下，她捋了捋皱起的裙角，故意与梁正隔出两米左右的距离来。这截短短的空白再一次戳伤了他的心，久久地，他胸中电闪雷鸣、翻江倒海，口中却吐不出一句话。

他将求助般的目光投向大门方向，余光却向着四周涣散开来。若是死不招认，僵持下去必会将这女人激怒；若是畏罪潜逃，只会使这件事越来越糟。

此时此刻，他多么希望能有一个蒙着面罩的江洋大盗破门而入将自己掳走，或者是陈蓉满面春光地从外面走进来，挽住自己的手臂破天荒地来上一句："我原谅你了亲爱的，我们回家吧！"

事实耀武扬威般摆在眼前，他已然无路可逃。梁正甚至满怀希冀地向卧室望过去，他希望那个叫大兵的男人就坐在里面，甚至正透过门锁窥视着客厅里发生的一切。梁正希望他愤愤不平地冲出来当头一棒将自己打晕，如此便能趁机冲破这个看起来牢不可破的荒诞梦境。

孩子——自己每次都那么注意，怎么会横空杀出一个孩子？他不相信，不相信意外竟来得这般轻易。

"还是拿近看看吧，看清楚点儿，不然你说服不了自己的内心。"薛淑仪漫不经心地喝了一口茶，那神情，就像是捏住了梁正的致命把柄。吊灯的光斑坠落在她的脸上摔了个粉碎，万般掩饰之下的心有余悸恍然之间被照了个一览无余。

梁正已然无计可施，却又不能轻易妥协。他连自己本来的生活都没有打理好，又怎么可能装出一副欣喜若狂的样子去迎接一个计划之外的新生命？难道真的要他端正态度，然后扭转全局，满心苦涩，嘴上还要说着"真好淑仪，我们终于有孩子了。去筹备婚礼吧，然后按计划生下他"？

"这上面写的什么，我看不太懂……"梁正稍稍整理了一下思路，极力回避着。

"看不太懂？具体内容我不是都已经转成简明扼要的文字发到

陈蓉手机里了吗？"她冷笑一声。

梁正的目光顿了一下，像是被激活了一般："对了，我都把这茬儿忘了。薛淑仪，就咱俩这破事儿，你却故意牵扯我的家人。你能做得更狠心点儿吗？"梁正看有理可据，瞬间拔地而起。

"我狠心？你也说得出口！我是直接受害者。"薛淑仪说着便用力指着小腹，"还家人，多可笑！陈蓉什么时候有幸被你列入家人了？你可要搞清楚，现在这座城市里你梁正唯一的直系亲属在这儿！好好看看那单子！在我肚子里，看明白了吗？"

"这就是一张破纸，有什么好看的！"梁正说着就将化验单从桌上一把揪起来，"难道这就是你骚扰陈蓉的理由吗？你是受害者，我还是呢！这种事我有强迫过你一次吗？如果当初不是你情我愿，怎么可能走到今天这个地步？你说，怎么可能？"说着，他又啪的一声将那张化验单重重拍回到桌面上。

"做错了就是做错了，嘿，你现在倒是拿陈蓉做起挡箭牌了！"

薛淑仪也是豁出去了，吵起架来沉着冷静，天不怕地不怕。多可笑，这平坦坦的肚子竟成了她用以自保的魔法包，软刀子、暗枪随便掏。

"我怎么就推卸责任了？你给我把话说清楚！"底线受触，梁正的理智尽失。他拿起那张化验单，三下五除二撕了个稀巴烂，接着几步冲到薛淑仪面前，双手箍住她的肩用力摇晃，"你给我说清楚，你究竟想要搞什么？生活压力这么大，这么多破事儿凭什么就得我自己担着？"

"凭什么？你说凭什么？就凭什么样的因结出什么样的果！就

凭我已经受到惩罚了,你也得接受应得的惩罚!"薛淑仪的语气虽然不轻不重,但其中包含的心意却坚决如铁。

梁正不愿面对薛淑仪趋于扭曲的面孔,他转身走进阳台,精疲力竭般将整个身子撑在扶栏上,像是一个千疮百孔的旧皮球。他命令自己即刻冷静下来,这事相当棘手,远不是争吵几句就能够顺利解决的,理智恢复了才能顺利谈判。

谈判——这想法令梁正倒吸了一口凉气。多么不可思议,在此之前他从未想象过,在未来的某一天会将这个锋芒毕露的词语穿插进两人的关系中。

讲和吧,这样拖下去太累了;讲和吧,就算付出任何惨痛的代价。良久,他费力地抬起沉重的身子,顺便将不堪一击的脆弱意识一并扶了起来。薛淑仪在沙发上哭泣,看他走回来,抬起僵硬的脖子缓缓开口:"现在怎么办?你说,现在我该怎么办?"

就着微弱的橘色灯光,这饱含哀求的话语淌过耳道,在梁正的内心深处溅起了水花。他看见路过的灰尘被这满腹哀怨的空气依次充满,张着血盆大口十面埋伏。薛淑仪围困其中,如同一朵开到荼蘼的花——救救我吧,为我指条光明的出路,救救我吧……

13

那天晚上,梁正凌晨两点多才回到闸北的小区。他不愿上楼,因为惧怕陈蓉无休无止的质问、纠缠与冲破云霄的歇斯底里,于是脱了鞋子坐在楼下的石阶上抽烟，四下悄然无声，偶尔有路过的野猫凑上来满心戒备地望他两眼。

过了好久好久，久到连星星都躲回云里去了，梁正撑不住了，掀开袖子看手表，差三分四点半。他只好身披月亮的影子上楼，关上门才发现，陈蓉已经整理完全部属于她自己的东西消失不见了。

梁正来不及想，衣服都没换便倒头大睡。那天晚上他睡得特别沉，沉到连梦都没做一个。

高潮之后，自是一片沉寂。仔细想想，也确实符合事物发展的潜在规律。陈蓉请假回去安徽老家，薛淑仪也像掉进了兔子洞的爱丽丝一般杳无音信。有人说她是主动请辞，有人说她是休了六个月的大长假，也有人说她是工作调动去了北京。总之是众说纷纭，却没有一个人知道确切的消息。

你们以为悬在梁正心头的大石块就此落下了吗？其实正好相反，自己在明对方在暗，说不定薛淑仪哪天就会重新走入视野，变成一颗威力十足的深水炸弹。

14

接到电话的那天早上，是个阴雨绵绵的星期六。梁正的清梦被扰醒，他看了一眼屏幕显示的陌生号码，又抬头瞄了一眼闹钟。

"喂——"他的声音拖得很长，抹不去的睡意融融。

"我在医院，刚做完手术。本来不想打扰你的，但没忍住，还是想要打电话跟你说一声。"那个熟悉的声音远在天涯近在耳畔，梁正一下子清醒了过来。很显然，是薛淑仪打来的。

"做什么手术？你现在在哪家医院啊？我马上过来！"梁正隐隐觉得出了什么大事，他一骨碌爬起来，从床边拿起衬衫就往头上套。

"就刚刚，我恢复自由身了。之前医生说不够大，所以这一个月都在等。"薛淑仪语调清浅，浮动着看破红尘般的不紧不慢。

"你在哪儿呢？你先说你在哪儿！"梁正已然焦急不堪，"你在哪家医院？我马上赶过来。"

"别忙了，我现在在广州，和我朋友在一起。她将我照顾得很好，所以你不用担心。"梁正的动作戛然而止，恍惚之间仿佛明白了什么，一种挫败感翻山越岭般奔腾而来，重重地撞击在他的心口，让他疼得说不出话来。

"淑仪，是我对不起你，我辜负了陈蓉，也辜负了你。对不起，淑仪，我是个浑蛋！淑仪，对不起……"他在床边缓缓坐下。

"呵。"电话那头传来一声辨不出情绪的轻笑，"其实真的没有什么对不起，只是通过这件事看清了那些经不住依赖的伪善，明白了一切不攻自破的逢场作戏注定与自己无关。当然，也算是塞翁失马，亲身试过才明白种恶因得恶果这个道理。"薛淑仪并非全然放下，这段娓娓道来的话中，有委屈，有怨恨，有情不自已的声讨，以及对于力不从心的无可奈何。

电话这头一阵缄默，薛淑仪轻叹一声继续往下说："也是我自己活该，做了这么有失光彩的错事。我的后半生已经破罐子破摔了。我在回广州的当天晚上就将发生过的一切如实跟大兵说了。你知道吗,他后来跟我讲,在每一个失眠的夜晚,只要想到我曾遭受到的、背叛过他的,他就备感煎熬,心痛欲裂。"

薛淑仪调整了一下语气:"大兵几番犹豫,最终认定我是一个不值得被爱的女人,马不停蹄地解除了婚约。现在老家的人们都已经知道了我做过的事,才过了小半辈子,我就落得个声名狼藉的悲催下场,一切都已经回不去了……我是不是已经得到了最最严厉的惩罚?所以,这是我打给你的最后一通电话,以后我们就不要再联系了。你过好你的生活,我要么改过自新,要么一路黑到底。我也算是在人生道路上栽过了一个大跟头。吃一堑长一智,这种事情以后不会再发生了……"

薛淑仪一口气说完便挂断了电话。没有多余的寒暄,甚至没有道"再见"。梁正酝酿了好久好久,可那句于事无补的"请你原谅我"却终究没有说出口。

他放下手机,敞开窗户,任凭暴雨拍击在脸上。他内心一片狼藉,就像刚刚被洗劫过一般……

薛淑仪一定是被纷至沓来的舆论逼上了穷途末路,他也算是侥幸逃过了这一劫,然而后半生,必定会在悔恨与痛苦之中度过。

生命如同一大截承载了无数颠沛情节的胶片,将旧人新事藕断丝连般牵连起来,一头是悔不当初的天各一方,一头是索然无味的柴米油盐。这件事造成的阴影如同一条巨大的尾巴,死死拖住梁正往后的生活,无论如何也不愿松开。

薛淑仪的生活在拼死挣扎之后终于沉入海底;梁正则在沉默于

心的长吁短叹中淡淡隐去这段往事,因此对于之前的所有愧疚与补偿,通通还在了陈蓉头上。虽然心知肚明爱情几近燃烧殆尽,但陈蓉却心有不甘,既然过程不怎么漂亮,那干脆争取去做结局上的胜利者。

她的想法很天真,好像得到这场婚礼就意味着在这场山穷水尽的爱情剿匪战中获得了至高无上的胜利。可是她没有料到,梁正的心中对她不会再有过多爱意,残留下来用以应付余生的,更多的是补偿和内疚。

有得必有失,有爱必有痛。谁说不是呢?当然,这决定无关薛淑仪,只是一去不复返的时光与青春遗留给他俩的私人问题。

梁正早已受够了早前那些草木皆兵的日子,于身于心都已经伤得体无完肤,他只需要一份波澜不惊的、平静的婚姻生活,即使这婚姻徒有其表,外强中干。而陈蓉,也已经不求圆满,干脆破罐子破摔,只愿能够在三十岁之前将自己稳稳当当地嫁出去,无论今后的日子将要面临什么样的血雨腥风。

至于陈蓉是什么时候和梁正重归于好的,大家并不是十分清楚。而薛淑仪成了梁正生命中的一大禁忌,无论何时何地,只要提起与她相关的半个字眼,梁正便会立刻沉下脸来,那神态,就像是不禁陷入了某处痛苦回忆的沼泽。

待那件伤情往事烟消云散,陈蓉的脾气非但没有好转,反而变本加厉起来。她口口声声不计前嫌,重头来过,可只要遇到争吵,便又开始旧账新翻,口不择言。梁正承受不了,却也只能忍着,这算是情感的惩罚,对伴侣的偿还,也算是对犯下的过错的祭奠。

毕竟是自己种下的恶因，也只能自行吞下恶果。再者说，年近三十，重新整顿人生，谈一场花前月下的恋爱虽然并非难事，但对于经历过大风大浪的梁正而言，他早已看清了感情褪尽光鲜之后最最原始的样子，失去美好憧憬的同时，一并失去了重蹈覆辙的勇气……

15

世间最复杂的莫过于人心。梁正原本以为随着光阴的流逝，陈蓉会在自己的生命中怯怯地隐去身姿，至少画下一个残缺而伤感的句号。可他全然没有想到的是，她就算撞破了脑袋也要等到再一次的华丽登场。

感情最初的确是好感情，却被成长与时光划得鲜血淋漓，模糊不清。

梁正站在午夜的窗台边，抬手点燃一根烟：如果能从头来过，有谁能够告诉我，结果会不会没有这么糟糕……

故事配小曲儿

《三个人的晚餐》（王若琳）

越过落地玻璃窗
我努力把眼光放向远方
隔着白色的烟雾
没有人说抱歉 也没有人哭
沉默怎么能说明一切
等待怎么能没有终点
未来怎么能不管从前
真心怎么能说变就变
爱情怎么能容许介入
心酸怎么能说得清楚
继续或结束 该由谁宣布
三个人的晚餐 没有人开口交谈
窗外星光斑斓 没有人觉得浪漫
三个人的晚餐 怎么吃也吃不完
因为我不知道 该如何互道晚安

越过落地玻璃窗
我努力把眼光放向远方
隔着白色的烟雾
没有人说抱歉 也没有人哭

沉默怎么能说明一切
等待怎么能没有终点
未来怎么能不管从前
真心怎么能说变就变
爱情怎么能容许介入
心酸怎么能说得清楚
继续或结束 该由谁宣布
三个人的晚餐 没有人开口交谈
窗外星光斑斓 没有人觉得浪漫
三个人的晚餐 怎么吃也吃不完
因为我不知道 该如何互道晚安

第 五 章

午夜前的最后一爱,晚安

她随他去五星级酒店的总统套房，不开灯，脱掉高跟鞋，在二十一层的窗台上接长长的吻，就像是久别重逢那样。他说："我知道你满身是刺啊，不光伤到我，有时候还会刺伤自己，可就算你是刺猬，我还是想要拥抱你。"

许你一场热泪盈眶

1

栀子小姐从没想象过有生之年还会和树先生再相遇,可这件事就这么毫无预兆地发生了,在声色犬马的城市之巅,希尔顿顶层的高档旋转餐厅。当时,栀子小姐正和未婚夫享用一顿浪漫非常的烛光晚餐,她妆容精致,落地裙角轻扫地面。双方都举止得当,大肆筹备着婚礼的细枝末节。

请帖早已发出,众所周知,还有一个月,他们就要结婚了。毫无疑问,这对新人是亲朋眼里的天作之合、牛郎配织女式的琴瑟之恋。

2

树先生出现在电梯口的时候,栀子小姐全然没有注意到他,正忙着和未婚夫推杯换盏。他将切好的牛排送入她口中,她直了直身子道谢，笑意尽显眉宇之间。

香槟中的气泡上下沉浮，像极了坐在窗边的栀子小姐，看似极具诱惑，却也尝不出任何味道。

树先生透过人群注视她，却迟迟不上前，停顿几秒后，被训练有素的侍者领入相反方向的一张餐桌，他轻车熟路地点餐，酒水随之奉上。

栀子小姐喜欢起泡酒，这个树先生最早知道。他轻扬嘴角开玩笑："小资的女人都喜欢拉菲……土妞儿，看来你的品位有待提升。"

她一口闷掉剩余的小半杯，抬头，故意一口气哈上他的脸。她说："看来我再怎么努力都配不上你的虚荣，起泡酒沉沉浮浮，随时会在舌尖爆破，就这一点，像极了我钟情的人生……可是，这其中的起承转合，你不会懂。"

说出这话的那一年，栀子小姐二十三岁，在一家影视公司工作，凭借一副伶牙俐齿提早步入社会。正值事业上升期，她丝毫不敢怠慢，成天起早贪黑的。除了正式工作之外，她还额外谋了好几份与文字相关的兼职。

那时候的她，失眠至脱发，常常疲惫到没力气接电话。那时候的她还没学会穿着高跟鞋赶公交车，也没学会逢场作戏，与利益对象搞暧昧。那时候的她，除了对梦想的追逐之外什么也不会，没有起泡酒，也不懂拉菲，更没学会填补情感生活的空白。

好在这一切辛苦栀子小姐都认了，说是要抓住好时机来个让旁人跌破眼镜的大翻身，无论如何都要为人生的辉煌灿烂大战一回。

朋友为她直白到底的雄心壮志拍手叫好，却也悉心提醒，说情感往往大于理智，说来说去这毕竟是一个人情社会。

3

和树先生的相识是在一次朋友的饭局上。朋友是个不入流的外围小导演，拍拍仅供狐朋狗友自娱自乐的小广告和纪录片。

那次栀子小姐闲来无事写了一部看似灯红酒绿的小剧本，朋友一眼相中，说，是时候干票像样儿的了！于是托了十八层关系要树先生做投资人，请客吃饭，顺便拉栀子小姐去作陪。

栀子小姐气质清纯，就是不怎么会打扮。那天她正好出差回来，下了飞机就往酒店赶，抵达时大汗淋漓不说，而且只穿着球鞋和破洞牛仔裤，头发还挽成一个毫无美感可言的发髻，怎么看都与大厅的金碧辉煌格格不入，像是个和文艺毫不沾边的穷学生。

树先生最后一个到场，所有人都恭恭敬敬地站了起来，只有栀子小姐没站起来，她不是不想，只是从来没见过这阵势，整个人被牢牢焊在了椅子上，屁股都没来得及抬。朋友正要拽起她，树先生伸手做出平身的姿态，双肩一耸，大衣顺势落在了沙发扶手上："坐！大家都坐。"

朋友赶忙上去打圆场，先是自干三杯，又没话找话声声恭维着。

大家跟着点头哈腰、满口称道，只有栀子小姐始终埋着头，一口酒一口肉吃得不亦乐乎。

喝到兴头上,树先生指名道姓地要她陪杯酒,说:"作者可是项目的核心啊,怎么能不借时机切磋切磋呢?"栀子小姐听闻,不慌不忙地擦去嘴角的油渍,直愣愣地站起身,横冲直撞地将举着杯子的右手向前一伸,二话不说一口闷。

树先生原本以为她会说些什么,不料一切发生得短暂而突然,隔了挺久他才反应过来,笑容和手臂一并僵在了半空,顿了顿,才冷嘲热讽地奉上一句:"小姐,你以为我真想和你喝酒?"

栀子小姐面不改色当头一句:"是啊,不然是要干吗呢?"

她的一脸无辜搞得树先生很是尴尬,他轻咳一声,退席去走廊里打电话,没几分钟就转身回来。导演劝他今日尽兴,不醉不归,他却推辞说自己临时有事儿,就不奉陪了。

因为栀子小姐的临场失误,很显然,那个项目没谈下来。从此,外围小导演也单方面掐断了同她的往来。

栀子小姐觉得挺自责的,断了自己的财路不说,缺头少脑的行为还连累到了朋友。那天晚上她一个人沿着城墙走了很久很久,一层泪水一层迷雾。

4

那次宴请隔了没多久,栀子小姐与树先生重新取得了联络。当然不是误打误撞,生活又不是小说,哪来那么多巧合?是他主动打电话找的她,说:"剧本我看了,还不错,可以出来聊聊吗?"

他们约在了山顶的一家咖啡厅,挺难找。栀子小姐先乘公交车坐错了方向,只好打了辆出租车重新往回折,山一程水一程。

她迟到了,可树先生并未面露厌色。他说:"好巧,我也刚刚才到。"

栀子小姐见面第一句就是:"你是怎么找到我电话的?"

他说:"'神通广大'这个词就是为我创造的,要什么不是唾手可得?更别说一串小小的号码。"

其实栀子小姐一直不知道,那是他们的第一次约会,树先生早到很久。在那之前,他已经喝掉了四杯拿铁,可栀子小姐永远都不会知道。

本以为会是一场以互惠互利为原则、以皆大欢喜为结束的小商谈,可结果却超出了树先生的预测。

他一上来就给栀子小姐开出条件,满以为她会欣然接受。他说:"这个电影可以拍,但不能和你的那些狐朋狗友一起拍。他们不入流,没经验,也没知名度,就算再好,也很难杀出一条漂亮的道路,反响必然会平平……但是哦,我可以将你配送给更好、更知名的剧组,随你怎么发挥都不成问题哟。"

若换作别人,必然会将此视为一个梦寐以求的好机会,是得积攒几辈子的运气啊,不费丝毫力气便能破土而出。可栀子小姐当下就红了脸,说:"不用了,您的好意我心领了。没错,我是可以借此大展宏图,可我不能背叛朋友。"

说完她就走了,将咖啡钱连同小费往桌上一放,连水都没喝一口。

树先生就是从那天对她展开追求大攻势的。

后来栀子小姐问他当时到底是怎么看上自己的。树先生非说因为爱上了她故事里的少年,他像极了自己的十八岁,早熟而精明,桀骜不驯。

栀子小姐不相信。经过好几次"刑讯逼问",他才招架不住如实道来。

他说:"大富翁也需要安全感啊,想当初利欲熏心的时刻,本可以拿着自己应得的蝇头小利头也不回地拍屁股走人,可你却不愿意背叛朋友。我当时就在想啊,指不定有朝一日我就落魄了,想必你也不会背叛我。"

栀子小姐当即扮出一副十分狡黠的样子,说自己虽然编剧没当上,却换来了一个小开男友,这叫有舍才有得,步步为营哦!

树先生亲吻她的额头,说:"好好好!你真厉害啊!谁都比不过你面上扮相清纯,暗地里胸有城府!"

5

树先生之前有过很多个胸大腿长无头脑的前女友,不是三线演员就是还没来得及开花结果的小嫩模,会花钱,讲品位,全都指望着树先生争社会上游。树先生哪里会不清楚,爱过一阵子也就感到索然无味,烟消云散了。

他将一句话作为爱情的至理名言,也是到后来才讲给栀子小姐听。他说:"如果你是抱着一颗算计之心对待感情,那么很显然,你到头来得到的终究是一段饱含算计的爱情。"

栀子小姐点头称是,说:"看不出来嘿,你浑身上下一股风尘味儿,心里倒装着一面明镜。"

那是栀子小姐头一次喝香槟。树先生晃着明晃晃的玻璃瓶身告诉她:"你之前喝的那都是低价位起泡酒,只有法国香槟地区出产的起泡酒才能称得上香槟!"

那天晚上,他们喝得都有点儿多。树先生教栀子小姐唱一首新学来的儿歌:"找啊找啊找朋友,找到一个好朋友……哦耶!"

栀子小姐跟随树先生去五星级酒店的总统套房,不开灯,脱掉高跟鞋,在二十一层的窗台上接长长的吻,就像是久别重逢那样。

再后来,树先生将嘴唇附在栀子小姐的耳边不知所云地讲了好多。他一遍遍地呢喃:"你爱我吗?你说你到底爱不爱我?"

树先生看似底气十足,天不怕地不怕,可他也有自己的软肋,他怕栀子小姐弃他而去,怕她终有一天不再爱他……

栀子小姐默不作声,装出睡熟了的样子,却在心里一遍遍不厌其烦地回答着:我爱你啊,爱你啊,可我越是爱你就越是害怕……

那是头一次,树先生发现栀子小姐已经学会穿高跟鞋了。还有诱人的红唇、上翘的睫毛,以及烫卷了的酒红色长发,他欣慰,却又有点儿失落,自己心里的那个小女孩儿,终于被岁月催熟了。

其实那段时间,栀子小姐过得并不好。和很多年轻人一样,她的事业陷入瓶颈,找不到突破口,随波逐流令她弄丢了人生的意义。她会在凌晨四点被尖锐的QQ声叫醒,蹲在厨房的角落里一边吃烤煳了的奶酪蛋糕,一边接收时区之外的老板发来的消息。

可她不愿与树先生讲自己的处境,她不愿短暂的脆弱使自己完美的形象在他内心深处一落千丈,于是只好努力装出一副随时随地满血复活的样子。她要他知道,自己的内心同外表一样坚强,自己同其他看似羸弱的花花草草不一样。

凌晨三点,树先生从一场突如其来的噩梦中惊醒,睁开眼睛,看她正蜷在床角,抱着膝盖抽泣。他问她:"怎么了?"

她说:"我想想未来还是挺害怕的,就是那种毫无缘由的恐惧,黑洞似的。"

他说:"怕什么啊?没头没脑的!顶多是场天灾人祸,就算现在天花板落下来了,不也还有我和你在一起吗?"

他说着便伸出胳膊搂住她的头。栀子小姐在黑暗中吮咬他的脖子,第一次,那么用力。

6

那时候,树先生老爸的公司已然濒临破产。他执意不告诉栀子小姐,觉得跟她说了也没什么用,也担心到头来落得个颜面尽失的惨痛下场,自己打心眼儿里接受不了,于是就这么跌跌撞撞地硬撑着,荆棘满路。

一开始,他们还有心思其乐融融地谈天说地,可接下来的半年中树先生频繁出差，两人前一晚见面，第二天便远隔十万八千里。栀子小姐又不傻，觉得他是故意躲着自己。她怀揣了无数个为什么，可一见着树先生疲惫不堪的面孔，就一次又一次地选择了缄默。

再后来他们开始肆无忌惮地争吵。原因很多，却通通无中生有，或是为了一条花色暗沉的领带，或是为了一顿不合心意的晚餐，到最后他们连做爱都是在抱怨中完成。他说："你看看，爱来爱去又有什么用呢？这是个金钱至上的年代，爱情之中不懂得精明盘算，那是你自己傻！"

栀子小姐觉得不可理喻，她跟自己说，都是借口吧，看来他们之间的感情终于被岁月研磨殆尽了。末了，栀子小姐选择打包记忆，黯然离开。

他喊着"你滚啊，快滚啊"，却还是用力抱紧了她。

他嘴上说着"我不爱你了，以后都不要再出现了"，心里却想着，如果真有人们口中的天长地久，该有多好啊……

栀子小姐踩着这段感情的尾巴直喊疼，心灰意冷的坠落感纷至沓来。

7

她换了号码、换了城市，在一家中型广告公司做起了文案，埋头苦干，只为一切从头来过。她终于明白，他终究是那个要星星会连月亮一并摘下的公子哥儿，他们的爱情是经不起推敲的；她也明白了少男少女们之所以喜欢小说里的虐恋情深,是因为打一开始就知道霸道总裁是个重情重义的好男人,玛丽苏似的女主人公会用满心善意与无知,换得一场足够支撑后半生的好结果。

可生活毕竟不是小说,波澜不惊才是常态,用力闹腾,拼尽全力去爱,结局却往往是鱼死网破。

公司新来了一位部门经理,和栀子小姐一般大,因为一次年终报告对她好感倍增,明里暗里地暗示追求,可栀子小姐从来都装作看不懂。

生日那天,他精挑细选了一大束粉色的玫瑰放在汽车后备厢,下班的时候在公司门口给她打电话。她穿着尖头高跟鞋从楼梯上缓缓走下来,很礼貌地收了他的花,说:"不好意思啊,我上段感情还没放下。我不需要拯救,爱情给我的生命留下了一个黑洞那么深的伤疤。它可能永远都没法痊愈,我已经对自己的人生破罐子破摔了。"

经理很理解地对她微微笑,说:"别客气,生日快乐啊!"

那天晚上她抱着手机坐在十五楼的窗台上一边喝××款香槟,一边等树先生的电话,恍惚之间就睡着了。只可惜整个晚上,她的手机震都没震一下。

树先生的生活陷入沉沦,赶着场子吃喝,昏天黑地地喝大酒,在高级会所的包厢里,左拥右抱着形形色色的风尘小姐。

最微不足道的一次,不幸被栀子小姐的闺密撞到。闺密看不过眼,打探好敌情,先在包厢外面砸碎了一只啤酒瓶,冲进去一把拽住他的衣领,问他:"你的爱情呢?你狼心狗肺的爱情呢?"

她以为他会反击,那可就怎么招架都来不及了。不想树先生并没有大肆出手,他缓缓抬起头冷冷地笑,说:"你不知道吗,狼心狗肺是没有爱情可言的。"

闺密劝栀子小姐干脆从了部门经理,苦口婆心说服她早日开启新生活。

她说:"你别傻了,也别再等了!他是天生的纨绔子弟,是不会回心转意的,更不可能捧着自己的良知大吐口水!你别再固执下去了,要为自己的人生负责啊!"

栀子小姐也不知道自己到底是怎么了,当时眼神特别迷离地望着闺密,说:"你看,树那么善良,他最害怕我背叛他。他只是遇到了偶发性障碍,只是有些手忙脚乱没准备好。他是不会让我失望的……"

8

那件事没过多久,栀子小姐便和部门经理好上了,至于具体细节是怎样的,大家谁也弄不太清。只知道树先生再也没有出现在栀子小姐的生活里,打电话他不接,最后干脆将栀子小姐的号码屏蔽。

就是在答应接受部门经理的那一天,栀子小姐学会了喝拉菲。她将之前所有存款的四分之三从银行里取出来,剩余的四分之一留作生活费和房租。她提了一袋子现金去那座城市最豪华的酒庄,换回一瓶真假难辨的中档拉菲。

她回到家里拔开木塞,小心翼翼地轻晃酒杯,先是察看光泽,而后粗略一闻,鼻头泛酸,满是浑蛋的味道。

她突然想要报复他,至少要摆出一往无前的姿态,若无其事的姿态。她要让他知道,失去他,自己只会过得更好,生活绝不会因为一段扑朔迷离的感情的逝去而倒退。

栀子小姐被自己突然萌生的恨意吓了一跳,仰头,暗红色的液体直流而下。

9

经理是一个沉默寡言的人,虽说背景算不上金光灿灿,却也教养良好,对栀子小姐体贴入微。

她要吃虾,他甘心为她剥去整盘虾壳;她要吃鸡翅,他情愿花半个小时用刀叉悉心剥离肉和骨架。

她跟他说:"其实我只喝过一次可能是真品的拉菲,其他那些都是从××上买来的冒牌货。我只是想要凭借昂贵的酒精挥霍掉自己的回忆,不料那瓶真假不分的拉菲不仅没掏空我的记忆,还差点儿让我成了穷光蛋。"

他在一旁呵呵笑,将一只剥好了的虾蘸上醋放入她的口中。

栀子小姐说:"你知道吗?我其实喜欢喝起泡酒,就是最最便宜的那种起泡酒,可你知道为什么吗?"

她正要说出答案,却被他轻而易举地抢过了话题。他说:"我觉得气泡沉沉浮浮,忽而爆破,像极了忐忑的人生……"

栀子小姐猛地抬头望向他，这句话竟让她惊慌失措。对面坐着一个门当户对的男人，遇事冷静，为人沉稳，不失为一个可以用来结婚生子的优良对象，可是，为什么自己就是爱不起来呢？

不知是不是喝多了的缘故，朦胧之中，她竟然看到了树先生。他对她笑，那声音在耳边回荡。他说："指不定有朝一日我就落魄了，想必你也一样不会背叛我……"

算是背叛吗？情节过于曲折迷离，要怪也应该怪他吧，最初不就是他先发制人的吗？

10

后来一次见到树先生，是在澳门一家颇有名气的高端赌场。栀子小姐和一行同事去玩老虎机，想要撞撞手气，不想手气没撞着，却撞上了迎面而来的老树。

当时他们都有些吃惊。而吃惊之余，栀子小姐还注意到了他怀里的姑娘。她觉得羞耻而尴尬，拔足欲逃，不想却被他一句话拉了回来。

他说："嘿，好久不见！介绍一下，这位是我的未婚妻。"然后转脸面向那陌生姑娘，唇齿带笑，说，"这位是我的老熟人，这么巧，没想到在这儿遇到，世界真小！"

说这话的时候，他脸上挂着一副沉重的黑眼圈，语调轻快，手臂却明显加大了力气。

栀子小姐点了点头，擦肩而过的瞬间就红了眼角。

其实她从来都不知道，就是那段日子，曾经金光熠熠的树先生已然被卷入了人生的旋涡。他眼看着家道中落，眼看着曾经的全部荣耀都变成了一具华丽丽的空壳。灰心丧气之余，他开始对往后的日子不管不顾。他想了三个星期，终于卖掉豪车，拿着一麻袋钞票来赌场试图凭借岌岌可危的运气换取动荡的后半生。

栀子小姐丢下兴致勃勃的同事们，独自一人躲去吧台要了杯威士忌，她还是第一次喝烈酒，第一口就被呛得泪眼迷离。

那天晚上栀子小姐喝了很多，喝得眼冒金星，吐到肝肠寸断，恍惚中她竟然再次看到了早已隐退于自己生活之外的树先生。

赌桌周围是潮起潮落的鼎沸人声，她坐到他对面，将一大摞筹码放在桌面上，说："我要赌上全部。如果我赢了这一局，你就和我走！"他合了合手掌，坏坏地笑："好啊，就这么办吧。"

骰子起起落落，终于停止转动，身旁的所有人都在击掌欢呼。

她赢了，他走来牵她的手……

然后，梦就醒了。

11

得知栀子小姐订婚的那天早上，树先生好不容易拨通了她的电话。

她说："喂？"声音小小的。

他也喂了一声，接着便迫不及待地问道："你真的不爱我了吗？"语气很是低落，很明显失去了当年生龙活虎般的锐气。

栀子小姐听出是树先生，足足愣了三四秒。她低头，透过窗子细数起整座城市的脉络。她说："你别逗了，都这个时候了，爱不爱，又能怎么样呢？"一副云淡风轻的样子。

他说："你知道吗？迟早有一天，我是要把你抢回来的！"

她隔着电话咯咯笑，说："可别做傻事哦，我们都已经长成了大人，就别再孩子气啦……以后要对自己的人生负责。"说完便啪的一声挂断电话，那动作利落又干脆，像是为他们之间藕断丝连的海誓山盟画上一个短促而坚决的句号。

树先生如木鸡般呆立在原地。他一直以为无论自己怎么做，栀子小姐都会像周而复始的时钟那样，分秒不差、毅然决然地爱着自己。

他曾以为他送了栀子一场热泪盈眶，不想结局却是将自己留在原地大哭一场。

其实栀子小姐不知道，赌场相逢没多久，树先生就单方面取消了婚约。他跟未婚妻进行了一场语重心长的谈话，说："其实我家破产了。谈钱，我现在没多少剩余价值了，你也知道，东山再起很难的；谈情，咱俩说不上爱，确实也没什么感情基础……所以，你可以走了。"

多余的，他不去解释，是因为不想解释。爱一个人爱不到，好像也没什么好解释的。

她从来不在乎他心里有没有别人，却还是毅然决然地离开了他。

12

树先生坐在桌前,透过水晶杯看向窗外,一场婚礼正在筹备,好一派灯火阑珊。

"找啊找啊找朋友,找到一个好朋友……哦耶!"他晃动杯中的起泡酒,穿过重重人影冲她举了举酒杯,又红着双眼将它一口干掉。

伤口东拼西凑,又一对傻瓜苟延残喘在爱情尽头。树先生心里默默念:"生活抑扬顿挫,你看到了我手掌中的星星,却没看到我背后的伤口。栀子啊栀子,你口中的人生,我又怎么会不懂……"

故事配小曲儿

《来不及》（陈珊妮）

来不及送你一程
来不及问你什么算永恒
甚至来不及哭出声
来不及陪你一阵
来不及送你一程
来不及为你尽点责任
你的皮肤都穿松了
来不及为你抹点粉
Na na na
过期杂志上登着
太多早逝青春
路人的嘴里
全是对别人生命的揣测
我就是来不及说一声
我就是来不及送你
来不及送你一程
来不及问你什么算永恒
甚至来不及哭出声
来不及陪你一阵
来不及送你一程
来不及为你尽点责任

你的皮肤都穿松了
来不及为你抹点粉
Na na na
过期杂志上登着
太多早逝青春
路人的嘴里
全是对别人生命的揣测
我就是来不及说一声
我爱你
我就是来不及送你
来不及为你唱首情歌
来不及为你变成好人
我就是来不及说一声
我爱你

岁月划痕与钻石的味道

1

姜生满腹闲情地靠在沙发上削水果的时候,太太凤凰正站在水槽旁洗碗,两人刚刚享用过一顿喜气洋洋的月光大餐。这是他们结婚一周年的纪念日,为此两人隆重庆祝了一番。

只听耳边咚的一声,伴随着物件落地的整套声响,姜生不大在意,继续削手头的一只苹果,刀子带动苹果响起均匀的沙沙声,他气定神闲,果皮都没断。

不一会儿,凤凰跺着小碎步过来,说:"老公老公,我的戒指滚到碗柜底下去了,你胳膊长,帮我够一下。"

姜生刮刮太太的鼻子,温柔地叫了声"傻瓜",然后放下手中粉红色的陶瓷水果刀,转身进屋去拿手电筒。

凤凰很识时务地扳过他的额头轻轻一啄,抓起那只苹果大咬一口。

工具箱很旧,四角已经泛起了深红色的铁锈,很显然,它的前身是一只公交车形状的饼干盒。凤凰却很少翻它，她说那盒子太大，要找的东西当下总是找不到，常常是在问题解决以后才自己往出冒。姜生说："那也好啊，以后就将它划分到我的麾下。你顾你的首饰盒，我管我的工具箱，生活公平了很多啊！"

打开铁盒的刹那，一颗亮晃晃的小东西溜进了姜生的眼底。他略有停顿，伸手去翻，用指尖将它拈起，原来是一颗绿豆般大的小钻。

姜生狠狠地愣在那儿，像是受到了某种恶意满怀的重创，失神之余，回忆翻江倒海般奔涌而来。

2

S小姐从来就不喜欢钻石，说它鹤立鸡群的感觉看上去孤立而嚣张，以至于当姜生将那条昂贵的项链摆在她眼前的时候，她对这份意料之中的礼物仅仅是微笑道谢，并不伸手去碰它，神色安然地拿起一旁的草莓气泡水。

那种不以为意的姿态在姜生的眼中显得格外迷人，他将小钻穿过金色细链，紧接着往她颈上一环，说："这包含着昭告天下的意味，类似于宠物项圈上的铁牌儿。从今以后，有地址，有主人，你是生是死都是我的人！"

S小姐一听，捂着嘴巴哈哈笑，说了句"你讲豪言壮语的时候真可爱"，接着便扭头堵上了他的嘴唇。

那是S小姐与姜生开始交往的第101个凌晨,他们彻夜未眠。姜生站在落地窗前抽烟,S小姐从后面环住他,将那颗钻石放入口中,用舌头包住小心翼翼地舔。

她说那味道很是特别,像颗被咬碎的糖豆,看似甜美,却透着丝丝腥咸。

3

与S小姐相识,缘于一场毫无预兆的大雨。天气预报写着:3月15日,东北风1级,晴。因此,姜生没有带伞。

他加班到很晚,停好车,然后拖着海参一般疲软的身子去公寓附近的24小时便利店买泡面。空荡荡的小超市,除了一列列货架和门口盯着手机看网络剧的收银员,就只有S小姐塑像般坐在落地窗前。

姜生拿了可乐,又给纸碗里注入开水,然后缓慢地挪动身子,坐在了S小姐左边的高脚椅上。

S小姐搅动手中的泡面,动作迟缓而挣扎,那面如死灰的神情,令姜生望而生疑,迟迟不敢上前与她搭话。

午夜的便利店如大海一般空荡,只有头顶上的几根节能灯管发出嗡嗡嗡的声音。姜生吃完,转身将垃圾扔进塑料箱,不料一个大闪身,碰到了S小姐的手臂。

其实就是随手一甩,也没特别用力,可不知怎么了,原本神色凝重的S小姐却找准时机似的突然挥泪如雨。姜生端着纸碗一动不动地站在原地，一个劲儿地说着"对不起"。S小姐满腹委屈地下地，不看他，推门，直直地冲进大雨里。

那是他们的第一次相遇。正巧那段日子S小姐和男友M刚刚分手。具体点儿说是五天之前，就在这个小区的大门口。当时四周围了好多人，好像硬要将他们的丑事牢牢圈住。M提着坏了只轮子的行李箱一个劲儿地往外挣脱，S小姐抱住他的右腿被活活拖到了大门口。M说："我爱的是Angel啊！说了一万遍，你怎么就听不懂？"

S小姐一把鼻涕一把泪："我不在乎！不在乎！那我就和Angel公平竞争！"

M一个抬腿，用力将她踢掉，就像是踢掉一只摇尾乞怜的小野猫。S小姐终于崩溃，扒住花坛疯了一样乱蹬着双腿，在M转身而去的背影中放声大哭。

站在感情失败的巅峰，头一次，S小姐竟然有了往悬崖深处纵身一跃的冲动。

姜生握着S小姐落下的手机，问收银员知不知道她住在哪里。收银员好不容易从屏幕上移开眼睛，凭空一指，说："十三层A户，她可是老顾客哟！"

姜生怀揣六成的好奇以及三成的怜悯，借送还手机的名义想要一探究竟。当然，还有剩下的一成，是为了碰碰运气。

他敲门，很快便有了回应。不想刚上前半步，一条拴在门上的铁链就将自己隔出了十万八千里。S小姐顺着门缝接过手机，擦着湿漉漉的头发轻声道谢。她说:"下雨了,你没带伞吧,这把拿走吧,不用还了。"

说完便砰的一声关上了房门。

S小姐在一家杂志社做文字编辑,工作压力很大,常常盯着电脑加班到凌晨四五点。长时间的消耗导致内分泌有些紊乱,神经衰弱的同时,伴有偶发性歇斯底里。

二十七岁,无论恋爱还是工作都不敢再放手一搏的年龄,S小姐却破天荒地失恋了。前男友是位毫不知名的音乐制作人,因为工作关系,不小心劈腿了正在合作的三流小歌手。

那歌手仅与S小姐有一面之缘,以披头散发为美,眼线画得格外粗重。

后来S小姐仰躺在M怀里搅弄着长发,说:"亲爱的,你看那姑娘的品位要多差有多差!"M笑笑,俯身吻她的眼睛,说:"你看,她有长腿,胸比西瓜大。"

那时候S小姐便隐隐约约感到不对劲,直到后来捕风捉影地找到了蛛丝马迹。这一切说来讽刺,却也是顺理成章的。没多久,M与歌手的奸情果不其然败露于光天化日之下。

4

第二次撞见姜生,是在小区后面沿河而建的大排档里。熬不过分手期,本来约闺密出来控诉前男友,没想到闺密忙着和小开先生约会，临时变了卦。S小姐觉得自己的人生已然混到了无亲无故的穷途末路，于是独自躲在灯火阑珊处，要了一打啤酒，还有二十串孜然厚重的烤羊肚。

当时姜生就坐在邻桌，他一开始也没注意到她，但回头点烟的片刻，却不经意将S小姐扫入了视野之中。姜生想了想，撸下铁签儿上的最后一块羊肉，用力咀嚼，拎起啤酒往S小姐身边一坐。

S小姐被吓了一跳，猛地抬头，发现是那天午夜便利店里的泡面先生。她皱了皱眉头，正想要说些什么，老板就将一只油乎乎的铁盘端上桌，抡着手臂大喝一声："哟嘿，姑娘，你要的羊肚来喽！"说完就走了，徒留一阵扑面而来的羊骚子味儿，在头顶的空气中自由穿梭。

两人一开始面面相觑，沉默不语。S小姐表情僵硬，搞得姜生也很是消沉。直到S小姐酒过三巡神志不清，她才指着姜生说："别光坐着啊，来来来，你陪我喝酒，我请你吃肉。"

姜生想都没想轻轻拍了拍桌角：成交！

两人半杯啤酒一口肉，边聊边喝，打得火热。

S小姐跟姜生讲述着前任的各种好，她说M会在她月经来袭的时候坚持给她熬生姜红糖水，还会陪在她身边，看她失眠直至天边泛起鱼肚白。她对着电脑工作的时候，他就安静地卧在一旁看书，虽然他并不喜欢读书。

她说这么这么多的好，M至今一定还在做，却不再是为自己而做了，这确实让她感到有些失落……讲着讲着，S小姐突然打住了。她不再去看姜生的脸，低头拨弄起桌子上的铁签儿，拨着拨着就开始哭。

姜生不去安慰,因为他根本不知道该如何安慰。听说女人都是感性的动物,可能伤感劲儿过去也就生龙活虎了。于是,他抱着小半瓶啤酒,坐在夜风中等着。

等了好一阵儿,S小姐不但没停,反而越哭越凶猛。他绕过去拍她的背,没想到却被S小姐一把抱住。

她说:"M的离开给我的未来砸了好大一个洞,所有美好通通落空了,真的。以前不知道,原来爱情的世界也布满天坑。"

然后她抬头去找他的眼睛,说:"你能不能帮帮我,舍身做一回我的救命稻草好吗?"她的眼神挺冷漠,语气里却是满满的哀求。

姜生拢了拢她的头发,心中五味杂陈。可短短五秒,她的眼泪便将他全然说服。他说:"别担心,一切都会好起来的。还有,我的名字叫姜生。"

那天晚上他们把酒对月喝了好多,最后姜生喝得连T恤都弄丢了,一并丢掉的还有一块无印良品的手表。后来他说也没什么好心疼的,无论如何换回了一个无家可归的女朋友。

S小姐轻轻喊了一万遍M的名字,对着路边的树坑一边吐一边号啕大哭,到最后整个人都哆哆嗦嗦起来。

姜生很是心疼地跟在她身后,走到小区门口时将她拦腰抱起,说:"别害怕,我带你回家。"

S小姐手提高跟鞋,弓着身子上前吻了他,那个吻很热,是孜然羊肉味儿的。

他们在黑暗的卧室里做绵长的爱，酒醒了，就坐在大理石阳台上看窗外的万家灯火。

姜生也不知道自己的大脑出了什么差错，夺过前人手中的接力棒似的，二话不说接过了S小姐之后的人生。

虽然，毫无把握。

5

姜生在一家中英合资的跨国企业任职，销售部总监一干就是四年，工作并不轻松，加班到凌晨是常事儿，时不时地还得捂着肝陪客户喝大酒。

遇到S小姐那段时间他其实挺萎靡的，本想要跳槽去一家从毕业起就梦寐以求的大公司，做足了准备，可惜由于面试时领带没来得及打好，最终竟没有通过。

这个结果令姜生悲从中来，他对着面试官拧紧了眉头——只因一条领带？它和我工作的好坏关系很大吗？

面试官扶着眼镜告诉他："先生，我们是大公司，很注重工作细节以及外在形象。您应聘的是销售，要是技术部门也就算了。您将会代表我们公司出席各种社交场合，会见高端客户。很显然，您对自己细节上的要求没有达到我们公司的标准。"

那天姜生回到家，将所有领带全部翻出来，先是气不过，扔在地板上来回踩踏了一番，后来又挑了最贵的那条，对着电脑哼哧哼咻学起系法来。

没错,姜生从来就不会打领带,之前每逢重要场合,他都将它们带到办公室,不用说,自会有部门女同事主动围上来。姜生喜欢她们娴熟漂亮的手法以及红唇扫过自己喉头的那种感觉。作为感谢,他会送上一盒夹了纸片的巧克力,或者宴请对方一顿暧昧十足的烛光晚餐。

正因如此,姜生从来就没学会过自己动手打领带。

这处事业上的小瑕疵令姜生对自我的评估急剧下降,焦虑将动荡感放至无限大。他说五十岁之前就像是爬山坡,哪曾想自己竟然心有余而力不足,卡在半山腰的平坦处爬不动了。这想法为他的生活平添了很多恐惧,他一方面想要再一次风生水起,最少也要恢复到之前的神气;一方面却又控制不住地想要继续消沉下去。

人生的出口有很多,为什么自己却偏偏与心驰神往的那个擦肩而过?!

就是在这样一个爱情、事业都青黄不接的当口,S小姐主动送上门了。

6

二十七岁,相爱的理由早已丧失了当初的单纯。S小姐需要一根精神上的救命稻草,姜生则需要繁忙之余一个抚慰人心的拥抱。更糟糕的是,他们双方对此心领神会。

第五章 午夜前的最后一爱，晚安

　　大学寝室哥们儿结婚，特意邀请姜生作为亲友团出席。姜生一想从前的交情，二话没说就答应下来。隔天下午专程请假，陪S小姐上街选了一套深紫色的长裙礼服。那裙子很美，缎面上镶着小钻，像是一大把被揉碎了的星星。

　　S小姐站在试衣间的镜子前面冲着姜生微笑，他顺势伸出右手，单膝跪地。他们模仿着电视剧里的情节："美人儿，嫁给我好吗？"

　　姜生一边说，一边将装饰用的塑料花递在她的手上。S小姐点点头，故意扮出甜腻的语气，说："Yes，I do."

　　然后，他郑重其事地吻了她。这个吻，却令S小姐脸红心跳，不知所措。

　　出席婚礼那天清晨，他们很早就起来了。S小姐穿着长裙梳妆打扮，姜生则站在镜子前面系起了领带。S小姐梳妆完毕，将溢出嘴唇的最后一角口红擦去，这才发现那条紫红色的领带依旧散挂在姜生的脖子上。

　　她走到他面前轻轻笑道："傻瓜，我来帮你。"说着便举起了胳膊，整套动作看起来驾轻就熟。S小姐的手法与部门女同事们一样优雅而娴熟，可姜生对此却并不享受。

　　他笑着打趣说："想不到你还会系领带，比某些男人都厉害哦！"

　　"M也一直不会打领带，最初我还是为了他才学习的！"没来得及揣测，这句话便脱口而出，说完姜生微微一愣，S小姐也跟着一愣，打结的动作顿时停在了半空中。

　　气氛瞬间陷入尴尬，S小姐的脸上随之泛起了小片潮红。姜生从停顿中苏醒,接过她手中的领带完成最后一个步骤,轻吻了下她的额头。

他说快走吧,不然就要迟到了。

婚礼上觥筹交错,一对新人在亲朋好友的祝福声中享受着彼此的海誓山盟。早在进门的时候,姜生就满脸认真地向大家介绍了自己的女朋友。仪式尾声,就在一群姑娘站在台下等着抢捧花的时候,新娘却直接走到S小姐面前,将花塞进了她的手中。

可以看得出来新娘很幸福,幸福得妆都快哭花了。彼时,她却轻擦眼角,对S小姐哈哈笑,说:"加油,大家可都在等你们的好消息哦!"

简单又温情的一句话,却令S小姐黯然神伤起来。这情景与当初跟M一起出席朋友婚礼时如出一辙。当时新娘也是塞过手捧花,对S小姐说了一句"等着你们的好消息",守在一旁的M即刻含情脉脉地望向她,牵起她的手上前半步,说:"大家放心,我们当然不会让大家失望喽!"话一落,便用力吻向S小姐的眼睛。

S小姐了解M,她看得出来,他那时的坚定与深情绝对不是装出来的。她默默盼望着一场兑现誓言的婚礼,不想没出半年,却迎来了他移情别恋的大结局。

姜生注意到了S小姐内心的起伏。他第九次拱手恭贺一对新人大婚之喜,而后拉着心神涣散的S小姐穿过人群,离开了大厅。

姜生要载S小姐回家,S小姐却执意要在大街上随便走走。姜生说:"好啊,那我就陪你走。"S小姐说:"不用了,我就是想一个人待着,觉得挺吵的。"姜生也不生气,他摸了摸S小姐的头,说:"没关系,你就随便在前面走,我跟你保持五米的距离。我得看着你,你今天状态不太好,我只是有点儿担心。"

S小姐不再反驳,也不再逃离,心里想着"随你的便吧,反正我才不在乎呢",然后一个大转身,向人潮深处走去。

姜生头一次发现,原来这个外表柔弱的姑娘,竟然能穿着十几厘米高的高跟鞋徒步这么远。他一边跟着她,一边给公司打电话,多请了半天的假。

走了挺久,S小姐终于累了,在商业中心门前的长椅上坐下。她忍着疼痛,伸手去脱高跟鞋,脚跟已经被磨破,和皮子粘在了一起。

姜生从杂乱无章的人群中走出,扶她到商场外围的咖啡厅坐下,眉眼之间看上去比S小姐自己还要着急。他说:"你等等啊,我去买酒精和创可贴。"S小姐点点头,目送姜生的背影到门廊拐角处,一句话在喉头涌动。

对不起,她说,对不起。

姜生回来的时候,手上提着一只纸袋。他在S小姐的身旁坐下,将物品一股脑儿地全部摊开到方几上。S小姐有些蒙,不过是一包棉签、一盒创可贴,外加一瓶医用酒精,怎么买了这么多?只见姜生手忙脚乱地将那些小东西一件件轮番举到S小姐面前。

他说:"真有意思,以前都不知道小小的创可贴就有这么多种。我不知道哪种好用,店员就很热情地一样给我拿了一盒。还有,这些是专门防止脚跟磨破的胶布,你喜欢穿高跟鞋,留着以后用。"

姜生说着就蹲下身子,将S小姐的脚放在了自己的膝盖上。他用棉签儿沾了酒精帮她消毒,接着又嘟起嘴唇轻轻吹着。S小姐忽然就捂着嘴哭出了声。姜生抬眼看她，问她怎么了，一边问一边伸出手掌猛劲儿扇风。

S小姐说："疼！"心里却想着，傻瓜，店员是看你财大气粗，你被糊弄了！

后来，S小姐提着纸袋和高跟鞋，被姜生一路背回了车里。他送她回家，再返回公司加班加点将没处理的事情完成。

那天晚上S小姐等姜生到凌晨两点，他打开门，走入黑漆漆的客厅。S小姐突然从角落里冒了出来，拉他到阳台。她说："你知道吗，M很坏，他甩甩手人去楼空，却留给我一身芒刺，让我看上去像是一头顶着獠牙的豪猪。我曾有意无意地去刺伤你，可你从来不还手，也从来不喊疼，你能不能告诉我这是为什么？"

姜生不慌不忙地解开领带，将它放在沙发背上。他搂住她的腰，脸上有明显的倦意。他说："我知道你满身是刺啊，不光伤到我，有时候还会刺伤自己，可就算你是刺猬，我也还是想要拥抱你。"

S小姐抽回环在他脖子上的手，转过身故意不看他。她指了指对面暗下的灯火，说："你看，白天有尽头，黑夜有尽头，霓虹有尽头，原来一切都是有尽头的……"

7

S小姐提出分手的那天早上，姜生正站在镜子前面打领带。那次婚礼之后S小姐就马不停蹄地要将方法教给他，他却故意慢吞吞地学。他问S小姐："是不是等到我自己会系的那天，你就能够坦然地离开我了？"

S小姐始终低垂着眼睛，不回答。

S小姐站在门口，拉着一只手提箱，摆出一副欲言又止的姿态。

其实前一天晚上，她就已经和姜生摊了牌。她说："谢谢你舍己为人，张开双臂带我绝处逢生。可是对不起，我不再相信爱情了。我为自己的行为感到羞愧，我挥霍了你的付出。可是我为爱情开出的全部信誉度，早已经被M刷透支了。"

句句入耳，姜生却没有扭头，他生怕一旦扭头，眼泪就会迸射而出。他看着镜中的自己，终于明白，这辈子他可能再也学不会打领带了。

S小姐一只脚踏出大门，没两步又退了回来。她用力扳过他的身子，将那颗小钻从脖子上摘下塞入他的手掌，说："这项链还给你，感谢你这么长时间的收留。"

S小姐知道姜生的一切小习惯，包括焦虑的时候啃手指，无助的时候拼命盯着她的眼睛看。她总是拉他到沙发上坐下，自己往地下一跪，帮他修剪指尖的倒刺。他会笑着吻她的脸，说："亲爱的，你和我母亲真的好像。"

姜生没有回应，任凭那颗小钻落在地板上，发出一串无关痛痒的声响。

S小姐不再说话，将门拉开，然后轻轻带上。过了好久，姜生站在卧室门口环视整间房子，除了离开的S小姐，其余的一切都跟之前一模一样……

8

姜生握着电筒将戒指从碗柜下扒拉出来,清掉上面的灰絮,小心翼翼地套回凤凰的手指上。凤凰转身去洗碗,姜生坐在茶几前继续削水果。

他忽然想到了什么,将那颗钻石从裤兜里掏出来,学着S小姐当初的样子放入口中,用舌头包裹住细细地舔,有点儿伤感,有点儿腥咸。

姜生终于领悟,那腥咸便是S小姐的味道,也是岁月的味道。

故事配小曲儿

While My Guitar Gently Weeps (The Beatles)

I look at you all see the love there that's sleeping
While my guitar gently weeps
I look at the floor and I see it needs sweeping
Still my guitar gently weeps
I don't know why nobody told you
How to unfold your love
I don't know how someone controlled you
They bought and sold you
I look at the world and I notice it's turning
While my guitar gently weeps
With every mistake we must surely be learning
Still my guitar gently weeps
I don't know how you were diverted
You were perverted too
I don't know how you were inverted
No one alerted you
I look at you all see the love there that's sleeping
While my guitar gently weeps
Look at you all
Still my guitar gently weeps

爱若浮生，吾谁与共

1

和三三相遇的时候，树先生已经在人生谷底盘旋挺长一段时间了。

世事难料又磨人。终于，他从耀眼的公子哥儿沦为了一个不伦不类的普通人，资金该冻结的冻结，房屋能抵债的都拿去抵债。父亲卧病在床，命悬一线，他才恍然之间醒悟过来，原来世界上除了荣华富贵之外，还有"危在旦夕""苟延残喘"这样的词汇。

风声过后，树先生被安排到旧交的一家公司里做部门经理，干着朝九晚五的工作，拿着与常人无异的薪水，再也奢华不起来。就连昔日狡黠的眼神，都蒙上了一层浅浅的灰。他卧薪尝胆，等待着时机，想靠之前的欢场关系东山再起，不料危急关头，曾经把酒言欢的难兄难弟们竟像躲避病毒那样冷眼旁观，而后将他狠狠推开。

他也曾到达人生的巅峰，多少双眼睛都羡慕嫉妒着，忽而被厄运提着领子从高空狠狠抛下,没有人落井下石已经算是幸运了。他备感伤痛,为当年的桀骜感到沮丧,又有些后悔。

树先生开始反思从前纸醉金迷之下浅薄的人际关系,后来得出结论,原来当人们陷入社会这个大泥潭,难免染得污垢满身,很难再爬出来。

短短小半年,他醉生梦死不下一百次,后来只要他出现在酒吧门口,就连站在前台的服务员都手抱胸前,摆出一副嗤之以鼻的姿态。

树先生常常坐在酒吧的小包厢里,一待就是大半个夜晚,喝高的时候边忆苦思甜,边和几个前途未卜的小青年聊着如何下手操刀、如何重整旗鼓,大家跟着附和,用满口酒气换取对未来一帧又一帧的恢宏幻觉。

第二天该上班的上班,该沉沦的继续沉沦,然后等到夜色落幕,就又重新聚到酒吧包厢里,继续给未来画饼,继续聊求而不得的幻觉。

2

遇到三三,很显然是场意外。那天晚上树先生和哥们儿老K从包厢里出来,喝得晕晕乎乎的,相互搀扶着去停车场取车。

老K站在一旁拖长了音调喊着:"倒!倒!倒!"树先生听从指挥放开离合器。老K的手臂在后视镜里大肆飞舞,树先生眼神涣

世界那么大，还是遇见你

散，温柔一脚踩下了油门。

只听咚的一声，车子跟着一震，像是撞上了什么重物。

树先生猛地就清醒了过来，还没来得及开车门，就听老K高呼一声："是个人！"

他赶紧松开安全带下车去看，只见一个人影四平八稳地躺在离后车轮半米来远的路面上，再凑近了看，竟然是个女孩儿。

树先生像是被一巴掌扇醒了，停留已久的酒气顷刻间烟消云散。他托起她的脑袋想要进行进一步的查看，不料姑娘突然睁开了眼睛，树先生还来不及开口说话，她就已经吐了他一身。

树先生一边低声咒骂，一边将她抱上车，点了根烟，摇下玻璃将手臂放向车外。老K坐在副驾驶座上，身子因受惊过度而不断颤抖。树先生向后座望了一眼，深深叹气，将指尖的香烟弹掉，又将车窗摇上来。他瞟了眼右侧的老K，接着挥手给了他一拳，说："没流血、没受伤的，应该问题不大。你也别害怕，该走人走人，我带她回家。"

老K绷着嘴唇不说话，怯怯地望向他，然后在离家不远的大街拐角下车，临走扔下一句话——你有我的电话号码。

树先生回到家，鞋都来不及换便将姑娘平放到沙发上，他看着那张无比陌生的面孔，忽而心生悔意。他完全想不起来自己刚才为什么要将她带回来，生活已然如此艰难，何必惹祸上身？

扭头想想，也许，自己打心眼儿里不想做一个坏人。

那时候的树先生，虽然失去了往日的万丈光芒，脸上却写着前半生贵为公子哥儿的落魄。

他的笑容依旧得体，鬓角依旧齐整；他穿平价的棉布衬衫，却难掩举手投足之间金光闪烁的贵族气息；他依靠死要面子活受罪的生活方式聊以自慰，就算晚餐吃白粥就咸菜，也会定时将套装拿去高端干洗店熨平。

睁开双眼的时候，树先生很意外地发现自己正躺在浴室门口的脚垫上，脖子下枕着枕头，身上裹着条小一号的毛毯。他揉揉眼睛，不明所以地直起身，没想到，面前的茶几上正摆着新鲜出炉的早餐。

他望向灶台旁那个陌生的背影，满脸诧异。他晃着脑袋努力回忆，好不容易才记起前一晚的遭遇。

树先生站起身，晃动左腿，摆出一副破罐子破摔的姿态，说："如果你想讹我，我劝你还是赶紧离开。我爸刚破产，一穷二白。你在我这儿消磨时间，不如晚些时候回酒吧门口继续蹲点儿找个有钱人。"

三三停下手头的动作，先是一愣，接着扑哧一下笑出了声，说："我知道啊，我知道你不是有钱人。有钱人不会开二手大众，更不会用拉菲牌玻璃瓶装起泡酒！"她说着，轻咬住嘴唇怯怯地笑。树先生欲出言辩解，却被她截了下来。

她说："你饿吗？来，我们吃早餐。"

三三说着，将两盘炸焦了的香肠端上桌，抓起一根轻轻咬着，另一盘放在了树先生的手边。

树先生呼地转身，用力撞上了卫生间的门。

3

树先生跟朋友们说，三三是自己在危难时期捡回来的。三三不反驳，说："你随便啊，我不在乎的，只要能让我暂时有地方容身。"

老K问树先生这一波一折的到底为了什么，他挠头想了一杯酒的时间，好不容易才找到一个还算动听的答案。他说因为三三混得比自己惨，以至于在三三面前他总觉得美好未来还有希望，同时也显得自己没那么难堪。

老K小口嘬着一杯伏特加不说话，然后猛地抬头，一饮而尽。他说："你真傻呀你真傻，坏女孩儿在从良之前都只能流浪，她们是没有天堂的！"

树先生跟着呵呵笑，说："她有没有天堂，跟我有关系吗？"

其实三三曾经有过好几段有头没尾的爱情，可都是因为自己太过认真，爱来爱去，最后却不得不曲终人散。那些五大三粗的男人说她就像是个先天发育不全的无骨小人儿，独立存活都很艰难，更别说正正常常地谈情说爱。

她总是在陌生的大床上醒来，然后扳过身旁熟悉的陌生人的面孔告诉自己，我是真的有认真去爱。她习惯以爱情为名义浪迹天涯，不去考虑今天星期几，也不考虑明天该去哪里。廉价的爱与分离占据了她生活的全部，可她心甘情愿带着早已破碎的自尊四海为家。

青春里的爱情都是擦边球，稍微用力过猛，就会输得一塌糊涂。树先生心里琢磨着，却终究没有说出口。

那时候三三二十岁左右，在一家艺术学校读书，用廉价的化妆品化廉价的妆，和廉价的男人谈着一文不值的恋爱。他们总是看着她的眼睛诉说着一往情深，然后扭过头，就和别的姑娘聊起了海枯石烂。

三三说这一切她都明白，每次分手时，她都有种把全世界所有的恋都失了一遍的感觉。可是话说回来，谁不曾有过一段犯贱到底的青春？

聊起这段话的时候，树先生正坐在桌前摇晃着一杯起泡酒，不喝掉它，只是看着其中的泡沫沉沉浮浮，任意爆破。他盯着她的眼睛，一副看穿世事的样子。

他说："你千万别抱有任何期待，因为我不可能给你最好的爱。"

三三先是沉默，忽而仰起头，隔着桌子问树先生："那你告诉我，你到底喜欢什么样的姑娘？"

树先生轻笑，脸上闪过一道久已不见的戏弄，说："我和所有的男人一样，喜欢那种百变小金刚——床上放荡，床下贤良；在自己面前小鸟依人，在外人面前大方端庄；做别人眼中的女神，做自己身边的邻家小姑娘；在家里唯命是从，带出去是位女大王。"

三三托着下巴认真听完，将最后一口提拉米苏放入自己口中，咬去一半再递给对面的树先生。她眯着眼睛坏坏地笑，说："好啊，那就让我试试看喽！"

说完夺下他手中的香槟，仰头，一干而尽。

4

那时候,三三在一家咖啡馆做服务生。她将头发漂染成好看的浅金色,戴一顶深绿色的贝雷帽。她说这是自己最钟情的一身行头,树先生却对此很是不屑,说她像是一个精神失常的破烂边缘女生。

他用朋友赠送的Escada(艾斯卡达)新款香水,有椰子和薄荷混杂的味道。三三有时候也偷偷用上两滴,然后等到香味儿散尽之后才敢回家。

三三生日那天,树先生送给她一颗野蔷薇的种子。正赶上街边花店的打折大促销,噱头是老板娘和谁谁谁跑了,老板气不过去炸地球,再不清仓就连店一起炸了。

那是一只看上去相当精致的木盒,拆开后是小小的白色瓷盆以及一颗独立包装的野蔷薇的种子。树先生根本不知道这个廉价的小玩意儿到底能不能存活,他只是需要一件拿得出手的生日礼物,刚好路过撞上,就买了回来。

三三从树先生手中接过礼物,伴随着一阵欢呼雀跃,接着又很是郑重地问他,为什么是种子而不是一束鲜花?

他勾起嘴角呵呵笑,手头正切着一只海绵宝宝的方形蛋糕。他说:"种子多划算,既能动手动脑又能观赏。你不知道吗,我是天生的生意人,要将精明渗透到生活的全部细节呢!"

当时三三特别激动地望着他,说:"我的花园本来不再有任何鲜花,可你刚刚种下一颗野蔷薇的种子,它正在发芽。"

她试图用开玩笑的语气说出这句话，不想打心眼儿里的认真劲儿还是从眉宇之间流露了出来。

树先生有些无措，为了掩饰尴尬，只好手忙脚乱地端起酒杯祝她生日快乐。可话刚到唇边，才猛地发现自己连她今年多大都不知道。他觉得抱歉，却被那句"生日快乐"掩了过去。

他端起手边的起泡酒，缓缓地，放在嘴边轻抿。不知怎么了，他脑子一蒙，忽然就萌生出一股想哭的冲动。他想到了栀子小姐，那个失之交臂的爱人，激流涌动下的爱意，他又何尝不曾有过？

三三跪坐在树先生身边的地板上，一边不声不响地吃蛋糕，一边帮他抚下眼角的泪珠。

过了好一会儿他才抬眼望她，说："你没看到我在难过吗？"她回答当然看到了。他又问："那你怎么不问我为什么难过？"三三吃掉一颗海绵宝宝的眼珠，说："每个人都有自己不为人知的伤口，一定要拆穿吗？"

树先生愣了一下，身子微微前倾，伸手关掉地灯。他在黑暗中找寻她的嘴唇，长驱直入，焦灸如烈火。

他们在小小的空间里做爱，酒杯微微颤动，蜡烛摇曳的火光包裹出了一个温暖的宇宙。她在他的耳边小声抽泣："我不奢求你爱上我，只是……别撒手将我推向下一场陌生。"

树先生不说话，用婉转动人的吻给了她最真诚的答复。

三三将那盆花摆在浴室的窗台边，按时浇水，悉心观察它的变化，甚至煮鸡蛋的时候还不忘将打碎的新鲜蛋壳盖在掩埋它的土壤上。她说:"从前我爱过的男人一个接一个,换过的住所一处接着一处,那么多,那么多,可没有一个地方容许我种一盆摇摇欲坠的花朵。"

树先生像是病菌一般侵入了三三的内心,而三三也像是病菌一般侵入了树先生的生活。彼此自觉舒适,像这样相依为命一小段路途好像也没什么不妥。他们谁都没有想过要将自己的余生拱手献给对方,一生太长,悲欢离合层出不穷,光是想想就足以营造出惊心动魄的效果。

最开始树先生要三三睡在沙发上,后来他腾出了卫生间对面的杂物间给她住。作为感谢,三三用了足足两天时间做了一次全面的大扫除。

她将临时寄存在前任那儿的三只大皮箱搬进来,将与回忆相关的物件通通打包扔进了垃圾桶。树先生看着门口偎偎相依的五只黑色大塑料袋,伸出腿踹了一脚,然后端着茶杯轻笑,说:"怎么,决定将积攒多年的风尘往事全部扔了?不心疼?"

三三将掉了鼻子的泰迪熊塞进被子一角,不抬头。她说:"这有什么好心疼的,水往低处流,人就应该风雨兼程地往高处走!"

扔到最后,三三除了基本的生活用品之外什么都没有留下。

树先生带着三三和一群落魄子弟一起去唱歌,伤心的人一首接一首地点着老情歌,开心的人一遍又一遍地循环着《小苹果》。三三坐在长桌尽头摇骰子,和电脑对战大富翁,一脸无助。没有人注意到她的悲伤,就像之前那些五大三粗的男人没有注意到过她的善良那样。

她面对着白花花的屏幕，装出很是投入的样子，赢了就摇着手鼓高声欢呼，输了就眉头紧蹙喝掉半杯酒。

树先生和老K勾肩搭背地唱着陈奕迅的《K歌之王》，没一个音在调上，还硬要装出声嘶力竭的模样。他们指着对方的鼻子，大肆取笑对方。老K边闹边劝酒，不想劝着劝着就劝红了树先生的眼眶。

他强迫自己不流泪，硬生生地将整杯酒干掉，然后借口冲进卫生间，回来的时候抓起话筒继续嘶吼。

中途树先生出去买烟，三三说要透气，就跟在了他的后面。

夜晚的街道灯红酒绿，一辆法拉利停在不远处的人行道上。树先生坐在台阶上点燃一支烟，指指前方，说："以前我开比这还牛×的车，载着我爱的人，停在比人行道还要牛×的地方。"

三三嘬了一口冰镇橘子汽水，说："我相信你啊，恶霸。"

树先生用力吐出一口烟，说："你知道吗，我是打算重振虎威的。有朝一日我一定要让那些个见死不救的孙子一个个地都捧着自己曾经的所作所为大吐口水！"话没落，一个抬腿，鞋子飞到了几米开外的大马路中央。

三三将橘子汽水塞到他手中，起身把鞋捡了回来，又蹲下身帮他穿好。

她面不改色地往他肩上一靠，说："你喝多了啊，恶霸。"

5

其实树先生也说不太清楚自己和三三到底是怎样的一种关系。在这个暧昧还分深浅、朋友还分远近的时代,他却弄不清自己和三三的关系,因此每当旁人问起,他都搪塞说三三是自己捡来的,就像随处可见的小狗小猫那样,他不过是大发慈悲给了她一个名义上的家。大家听了都觉得好玩儿,就哈哈笑,这么一笑,也就过去了。

树先生打一开始就料定自己终有一日是会抛下三三独自出走的。他无法容忍她乱糟糟的过往,也无法容忍她将自己对栀子小姐的所有美好印象替代掉。

三三不过是一剂令人上瘾的止痛药,弥补伤痛的同时,也能用来麻木惨痛回忆。她的伤情往事总能令他发觉自己遭受的一切都不算太糟,在这个基础上,未来只会越来越好。他知道自己这么想有些卑鄙,却完全无法停下来。

他需要她,一天、一个月,或是一年,又有什么区别呢?她令他感到放松,又能包扎他心灵的伤口。于是树先生一遍遍地告诉自己,这是互惠互利的过程,对三三而言也是公平的,因为他在索取她精神的同时,也拯救了她的生活,给了她一个相对安稳的避风港。

每当树先生绕过话筒看向三三的脸,不知怎么了,大脑总能精准无比地跳到那句"我以为虽然爱情已成往事,千言万语说出来可以互相安抚"。

有天晚上,三三直到凌晨才回到家,身上有酒味儿,脸上有新鲜的伤口。树先生穿着睡衣起身,拉开门,被吓了一跳。他问三三怎么了，她不说话也不看他，而是径直走进自己的屋子，将行李箱从床底拖出来摊开到床上。

树先生上前去拦，不想被她一把推到了门外。

他被这没头没脑的举动搞得很是恼火，伸手去拉她的衣服，却又被一把揉开。树先生没忍住，冲上前抢了她一巴掌。

一声脆响，三三蹲在地上大哭起来。她说："我不过是你收养的流浪狗啊，只要你想，随时都会将我清理出这个家。我又不是没地方可去，不需要你收留啊！收起你徒有其表的怜悯吧！"

他不解释，安静地注视着半米开外这个赤手空拳的女孩儿。她很有力，也很倔强。而她此前的一次次失败，正是因为她的用力，她的倔强。

就这样原地僵持了好久，终于，树先生红着眼睛，伸手将三三拢进怀里，他迫使自己演得投入，努力做出很爱很爱她的样子，他不想让她失望。

三三累得有些绝望，不回应，也不推开他。她一动不动地在他的怀里沉默了很久很久，直到最后腿都麻了。第一次，他们的拥抱竟然有一个世纪那么长。

6

离合反反复复。那盆野蔷薇，竟然在跌跌撞撞的剧情之中开出了花朵。三三将它端到树先生的面前，一脸的欣喜若狂，而后当着他的面将花朵摘下。树先生被这举动吓了一跳,他指着那个光秃秃的花盆,说:"三三,你该不会真得了边缘少女综合征吧?"三三咧嘴一笑,装出很凶的样子,说:"是啊是啊,你应该早些发现啊!"

树先生去公司加班,说晚上有应酬,就不回家吃饭了。三三点头进屋,将那朵蔷薇用皮筋束住,倒挂在窗前的倒钩上。她在心里叫了他一万遍"大笨瓜":"我要做出一朵干花呀,不然怎么能留住你昙花一现的爱情呢?别瞒了,我早就知道,总有一天我们之间这段岌岌可危的关系是要散架的。"

7

加了一个小时的班,树先生给老K打了个电话。他说:"哥们儿,没事儿的话去扫大排档啊,我一个人挺无聊的。"老K点头同意,说:"好啊,那你来接我吧。"

老K在家门口的十字路口上车,不见三三的影子,挺失落。树先生当然看得出,但老K不说,他也不主动问,只聊些有的没的,关于天气或者工作。

刚开到城墙外的老李家门口,就已经能够看到内院人头攒动了。

他们在靠墙根的塑料桌旁坐好,树先生刚想招手点盘麻辣小龙虾,老K就抢先叫了两打啤酒。

第五章　午夜前的最后一爱，晚安

很快，秃头小老板就将酒瓶和纸杯拎上桌，老K利索地将瓶盖一股脑儿全部撬掉，随后冲着树先生翻翻手掌："二话不说，干干干！"

喝到第三杯，树先生将老K一把拦下，说："今晚没观众，也别豁着命地上演醉生梦死了。你我还看不出来吗？有什么事就直接说，等到喝醉可就真说不出来了。"

老K打了个敞亮亮的酒嗝儿，张嘴撸掉半串儿牛筋，一边用力咀嚼，一边不清不楚地来了句："我觉得三三是一挺好的姑娘……如果你太忙顾不上，我可以收养。"

树先生先是一愣，然后噗地笑出了一口酒。他说："收养？你真当她是野猫野狗吗？"

老K低着头，余音上涌："猫猫狗狗，当初不是你自己说的吗？"

相顾之间，树先生竟哑口无言。

他听见内心深处一声闷响，像是某种情感轰然倒塌了，平地裂开一条旁人不易察觉的裂缝，有点儿心疼，有点儿不舍，除此以外，还有淡淡的酸涩。

他缓缓抬头，去看老K的眼睛。他多希望自己能够透过那深不见底的瞳孔看穿他的玩弄与虚情假意，可定睛看了很久，此起彼伏的失落感终究是策马而过。

树先生端起杯子，举至老K手边用力撞了上去，接着眯起眼睛，说："今晚还是不醉不归吧！没人暖场又怎样？全当演场独角戏。"

8

树先生父亲的葬礼,三三和老K作为亲属一并出席。三三将头发染回了黑色,穿套装,从里到外黑得浑然一体。

仪式过后,树先生请他们在茶室落座,肿着眼睛尽力挤出一个僵硬而勉强的笑。他说:"好久不见,一切还好吗?"三三一听,瞬间红了眼眶。她挽着老K的臂膀勉强回应,吐字含糊不明。

她说:"我们上个月已经把结婚证领了,婚礼暂定在夏天举行。"

整个世界都陷入了沉默。树先生咬了咬嘴唇,不自觉地,有泪水淌下来。他赶紧伸手去擦,说:"对不起啊,父亲刚走,我真的是太想念他了……"

沉寂了一会儿,老K上前去捏他的肩,停顿了十几秒,说:"那我们就先走了,节哀顺变,别自己硬撑着,你有我号码。"

树先生点头说好,目送他们直至道路拐角。他的目光深陷在三三的背影上,久久地,无法挪开。

9

我就是喜欢天生的坏女孩儿啊,拯救她们,然后像超级英雄一般抽身离开,骄傲得头都不回一下。

可是我自己,注定了水深火热,注定了亡命天涯。

"我的花园本来不再有任何鲜花,可你刚刚种下一颗野蔷薇的种子,它正在发芽……"

他抽出贴身携带的笔记本,翻到那页被压平了的蔷薇花,深深叹气。

你眼中有春与秋,胜过我见过、爱过的一切山川河流。

三三,好可惜,你看,它已经枯萎了。

故事配小曲儿

La Belle Dame Sans Regrets (Chris Botti)

Dansons tu dis
Et moi je suis
Mes pas sont gauches
Mes pieds tu fauches
Je crains les sots
Je cherche en vain les mots
Pour m'expliquer ta vie alors
Tu ments ma soeur
Tu brises mon coeur
Je pense tu sais
Erreurs jamais
J'ecoute tu parles
Je ne comprends pas bien
La belle dame sans regrets
La belle dame sans regrets

图书在版编目（CIP）数据

世界那么大，还是遇见你 / 米娅著. – 北京：台海出版社，2021.10
　　ISBN 978-7-5168-3117-5

Ⅰ.①世… Ⅱ.①米… Ⅲ.①故事—作品集—中国—当代 Ⅳ.①I247.81

中国版本图书馆CIP数据核字(2021)第175995号

世界那么大，还是遇见你

著　　者：米　娅	
出 版 人：蔡　旭	封面设计：刘　霄
责任编辑：俞滟荣	

出版发行：台海出版社
地　　址：北京市东城区景山东街20号　　邮政编码：100009
电　　话：010-64041652（发行，邮购）
传　　真：010-84045799（总编室）
网　　址：www.taimeng.org.cn/thcbs/default.htm
E - mail：thcbs@126.com

经　　销：全国各地新华书店
印　　刷：天津行知印刷有限公司
本书如有破损、缺页、装订错误，请与本社联系调换

开　　本：880毫米×1230毫米	1/32		
字　　数：196千字	印　　张：8.75		
版　　次：2021年10月第1版	印　　次：2021年12月第1次印刷		
书　　号：ISBN 978-7-5168-3117-5			

定　　价：52.00元

版权所有　　翻印必究